冰心儿童图书奖获奖作家作品

获奖作家独特的文学视野
成长季节绵长的青涩与甘甜

月光下的榆钱树

纪富强 著

中国书籍出版社
China Book Press

图书在版编目（CIP）数据

月光下的榆钱树 / 纪富强著. —北京：中国书籍出版社，2018.3
ISBN 978-7-5068-6812-9

Ⅰ.①月… Ⅱ.①纪… Ⅲ.①小小说—小说集—中国—当代 Ⅳ.①I247.82

中国版本图书馆CIP数据核字（2018）第062740号

月光下的榆钱树

纪富强 著

丛书策划	牛　超　蓝文书华
责任编辑	成晓春
责任印制	孙马飞　马　芝
封面设计	欧阳永华
出版发行	中国书籍出版社
地　　址	北京市丰台区三路居路97号（邮编：100073）
电　　话	（010）52257143（总编室）　　（010）52257140（发行部）
电子出箱	eo@chinabp.com.cn
经　　销	全国新华书店
印　　刷	北京一步飞印刷有限公司
开　　本	710毫米×1000毫米　1/16
字　　数	210千字
印　　张	13
版　　次	2018年6月第1版　2018年6月第1次印刷
书　　号	ISBN 978-7-5068-6812-9
定　　价	32.00元

版权所有　翻印必究

目录
CONTENTS

会有天使让你幸福························· 001

月光下的榆钱树························· 004

纯爱的丝缕···························· 007

看　天······························· 010

旧日余香······························ 013

听　课······························· 016

如风的旋律···························· 019

篮球场边的女孩························· 022

光板球拍······························ 025

涟　漪······························· 028

骂人不对······························ 031

走　夜······························· 034

滚　鸡······························· 037

炸　狐······························· 040

扫　荒······························· 043

放　养······························· 046

借　鱼······························· 049

算　卦······························· 052

酒　事······························· 056

捎信儿································ 059

多大点事	062
绝　活	065
乡村凉拌	068
一九八五年的蓖麻	071
一秒钟的爱情	074
手　套	077
爱恨同眠	079
你究竟想什么心事	082
一群鸡	085
智　取	088
一九八九年，六月二十三	091
亲情传呼	094
草径深浅	096
柳　笛	098
兴发渔行	101
乡下一夜	104
追　忆	108
忘　记	111
躬　爷	114
错　位	117
秩　序	119
洞	121
你不能这样	124
狼　狗	127
你跑什么	130

良　心	133
过　河	136
娱乐演出	139
年　关	142
负　责	145
迷路的女孩	148
收　获	151
夜半电话	154
赌　石	157
老人与空气	161
名　单	164
儿　鸽	167
绝缨会	170
青天恨	173
礼　物	177
旧　账	181
能人郑梓	185
多足人的财富	188
加拿大枪鱼	191
战　功	194
回　报	197

会有天使让你幸福

已经数到705，而且是第三遍，我仍然毫无困意。

连续加班一星期，有好几次，险些就在半道上睡过去，手里的方向盘重若千钧。

当警察的，都这样吧。

现在，一切终于消停。

关好门窗，打开空调，躺在天底下最舒服的一张大床上，我却感觉无比紧张。

这感觉，似曾相识。

那还是十一年前，高考前夜，本以为疲倦至极就会倒头大睡，哪知道我彻头彻尾地失眠了。

热。

或许空调温度有点高。轻摁遥控器，滴的一声，吓了自己一跳！但紧接着就后悔了，又觉得低了。滴的一声，仍是心惊胆战。

"心静自然凉"，老话真有道理。刚刚寻到些松弛，却忽然发现窗帘震动得厉害，接着是窗棂、玻璃，似乎整个房间都跟着剧烈颤抖。这怎么得了？

罪魁祸首是一辆拖拉机。也只有那家伙经过楼下时才能天下大乱。看来这破房子确实该换了，看来是不应该再心疼那几个破钱了，房价算什么呢？生活质量第一位啊！

那开拖拉机的哥们儿也是。你说现在几点钟了？开拖拉机从这么密集的楼区里过，你就不怕被塞住？还有你是怎么进来的？天底下还有没有这么不负责任的物业了？

不知道是不是拖拉机震的，好长时间后，房间里还是无端地这里"噗"一下，那里"吧嗒"一声，活像冬天枝头上的雪崩。

又是什么动静？绝不是幻听！否则对不起警察这份职业。一定有东西躲在房间里！绝不是神经衰弱！这跟办案搜捕完全是两码事。嗨！知道了，是泡泡。哦，看见了，是那三条丑金鱼！

哎？是谁让把金鱼缸挪到这房间里来的？

红烧了你们算了！不是说鱼肉最补大脑吗？

这回——这回是人了！讨厌的人！平时不这样啊。

楼上夫妻多久没开架了？连我加班算在内的话，怕有仨月了。不是说那男的早跟小蜜掰了吗？还折腾呢？

不是打架，电器摔在地上没有这么轻。也不像剁肉，现在猪肉涨到多少钱一斤了？更不是故意跺脚，他不敢。声音轻，轻……

几乎没有了。真没有了。

又有了。真有了。

数到12了。13，15，17，好！终于停了。留个面子，可不是我懒得交际。那块天花板上的洇迹，似乎越来越淡了，但外延扩张了。以前怎么看都像一个女人烫过的大波浪卷发，现在则更像一片尿晕，尤其那昏黄的锯齿形花边，多像一个天使的杰作！

还是热。

以前觉得夏天真好，起码能泡海水澡。可现在怎么那么讨厌夏天呢？这都傍晚几点了，还不黑天？还那么强的光线？窗帘当初选得也不行，遮光效果太差。

最近听人说了，躺在光线太强的房间里睡觉，容易患近视！

还有我的脚是不是臭了点？闻不真切，以前可是。我把一条腿慢慢从远处抬过来,小心翼翼地褪掉袜子,动作都有些媚态了;然后是另一条腿,另一只袜子。

再将两只袜子攥紧了,一起凑到鼻尖处,做深呼吸。嗯——说不上臭,也说不上不臭,但起码这次比不上咸鱼。

把它们扔远!目光自然就触到了那几辆汽车模型。有鲜红色的消防车、乳白色的救护车、加长的黑林肯,唯独还缺少那种蓝白相间头戴灯盔的警车了!咦,看到加长林肯,忽然就想起林肯说过的一句话来:林肯说,我这一生中最美好的时光,是在一个年轻女人的怀抱中度过的,这个女人是我的母亲。那此时此刻,我应该这样说:我一生中最美好的时光,是拥抱着一个熟睡的女孩直到永远,这个女孩就是我的女儿。

我女儿叫纪奕佳,快一周岁了,生日7月5号,管所有穿警服的人都叫爸爸,正在睡觉长大脑。

月光下的榆钱树

为了省钱,林是步行回村的。

十五公里山路,林一个人背着沉重的书本却健步如飞。

从一上路开始,那种久违的温暖的感觉就始终萦绕着林,让他步伐坚定有力,心情喜悦豪迈。

高考前,学习紧张,周末能回趟家可真奢侈。

林刚一迈进家门,就见爹在天井里呼呼啦啦地伐那棵粗壮的榆钱树。林顿觉大脑轰地一下蒙了,眼前金星四闪,脚下的步子踉跄凌乱,险些一头栽倒在地上。

林大声喊:"爹!别!"晚了,榆钱树直挺挺地倒下来,顺带砸毁了一边空荡荡的鸡窝。

林的眼泪大颗大颗涌出,朦胧中再看蹲在地上的爹,爹的那双眼也红得吓人。爹问:"林,你回来了?我估摸着差不多也该回来了……快进屋歇歇吧。"林不解地质问:"爹,你怎么把咱家的榆钱树伐了?它碍着咱们啥了?"爹不看林的脸,不接林的话,语气硬着说:"你给我进屋!你娘在屋里摊煎饼哩。"

林不情愿地进屋,见了娘,吓了一大跳。才几个月不见,娘瘦得没有人形了。娘见林回来,抹把额上的汗,朝林笑笑,算是打过招呼,就又埋头忙活。

林把背包扔在床上，坐在漆黑的屋子里发起呆来。林的记忆让他更加忧伤了：从前，当林还是个孩子时，就非常喜欢爬树，尤其是院子里这棵榆钱树，不但给林的童年带来了无穷的快乐，还让林一家人在粮食匮乏的年代里度过了饥荒。那时候林还很有些顽皮，经常一放学回家，就跑到天井里跟这棵树搂搂抱抱亲热一番。林差不多就是跟榆钱树一同长大的。

稍后几年，日子好点了。林的两个姐姐还没出嫁，只是初步确定了人家。

夏夜里，一家人不用抓蒲扇，只将院门轻轻一合，摊张清凉干爽的竹席在榆钱树下，五个人就可以轻松惬意地躺在上面尽情地嬉笑拉呱了。乡下的月亮似乎特别大，特别圆，水灵灵圆滚滚的招人喜欢。夜里清风徐来，月辉就抖颤颤地溅落一树，榆钱树上的叶子因啜饮了恬淡馨香的月光，而开始了欢欣快乐的舞蹈⋯⋯

娘一直在树下讲着林爱听的山狐娶美的故事。姐姐们躺在一边让纷纭的心事氤氲弥散，往往，爹就在头顶精灵似的树叶哗啦哗啦地翻响时，心满意足地嗅着晾晒在院子里的麦粒芬芳，打起如山的鼾响⋯⋯。

有树的时候多美！有树的时候多好啊！

可是现在，爹竟亲手把树给伐了。把那棵亲人似的树拖走了！仔细想想，过去村子里茂密的树木现如今已经少得可怜了，难道爹也想做一个屠杀树木的"刽子手"吗？就不能把那棵陪伴了家人十多年的榆钱树留下吗？林实在很伤心，也想不通。

吃饭的时候，娘好几次问林念书学习吃力不，能跟上趟儿不？林见爹也抬着头巴巴地望着自己，就自信地实话实说："还行，年级前三名。"娘听了就笑，但笑出来的模样却还不如不笑好看。爹听了很满意，也笑，将手心里的酒盅咂得极响。

临返校时，林对爹说："这次回去，考试之前就不回家来了，考完了再回。"

爹送出大门，说："考完了再回就是。"娘也说："快了，快了，割完麦子就回家来了！"

林就低着头往庄外走。走了大半晌，拿水喝的时候，才发现，包里卷着把透着盐花的钱。林恍然大悟！一次次红透了眼圈，长久地回望着村庄，最后狠劲儿咬着干裂的嘴唇，甩开大步向学校跑去……

这一年，高考作文要求学生写篇人与大自然的故事，林腹稿都没打，开笔刷刷地写，将他生命里的那棵榆钱树第一次写在了纸上。

林考上了名牌大学。去学校报到后，在给爹的信里不忘说："抽空儿咱家再种棵树吧？别空了院子。"爹没种，回信说："树倒了就倒了，重要的是儿子起来了！"

林再回家，就见到满天井里奔走的是牲畜和家禽，早已没有种树的空儿了。

再五年，林在美国深造，接到爹的信："林，咱们村现在靠近县城的中心河，已响应号召搬迁了。原址被县里开发成了漂亮的水景公园。现在绿树成荫的地方，就有当年咱家的天井……"

异乡月下的树荫里，林的脸上一片欣喜，一片湿滑。

纯爱的丝缕

那时候,他刚刚接手班级,就有学生偷笑他的莽撞。他总是在上课铃响后,才恍然发觉忘记带图纸、试管,或是药剂,急得满头热汗。

他姓毛,同学们叫他"毛毛虫"。他听了,从来不恼,微微一笑,憨厚大度,开朗英俊,惹得好多女孩子一边说着他的坏话,一边情不自禁地失态……

他的课上得异常精彩。战火味道消失了,紧巴巴的空气舒缓了,气氛从来没有过的活泼,人与人之间,一下子出现了大面积的和谐。不单繁复陈冗的分子式被他讲得妙趣横生,诗词歌赋、琴棋书画竟也能张口即来,还有时事、地理、武术……在同学们眼里,几乎没有年轻的他不晓得的。大片大片和蔼的阳光、纯洁无瑕的白云和一朵朵五颜六色的花草飞进教室。于是,"毛毛虫"的课堂成为了校园里的"经典"。

他是个有心人,注意到自己的大意,通常是由同一个默默无闻的女生抢先弥补。她——

她,长得太美了。美得令年轻的他,竟一时找不到合适的词来形容。像樱花般娴静?像荷花般秀雅?像菊花般清傲?像桂花般珍稀?像海棠般炙热?像兰花般低语?像茶花般深沉?……

都不是。他自己也不知道她应该像什么,可能一切美好的事物中都有她的影子吧!

他的出色和英俊果然就招致了风波。

有哪个女孩子不喜欢他呢？信件、卡片、风车、千纸鹤、小小糖块、点心，一切能在女孩子们手里、嘴里出现的东西统统都出现在他的抽屉里。往往，课还没上，教桌上就摆满了好吃的和各式各色的信笺……他也恍然，内心激荡不已。好久稳住阵脚，才渐渐融入到他的世界里，任才情来涤荡一切的一切……

闲时，打开那些信，蹦跳出五颜六色的字迹和那些形形色色的脸。他看得一会儿笑，一会儿皱眉毛，一会儿大摇其头。

其实——他的心还是被一次次狠狠地揪起。

是她！

那个连自己也不知道该怎么表扬赞颂的女孩子。

令他想象不到的是，那么文静清傲的她，信，写得最多；卡片，寄得最美；偷放点心糖果的人里，也时时处处有她！

尤其她的信，不依不饶。甚至在他假装瞪眼发火令大多数女孩望而止步的时候，来得更凶、更加炽烈、更加执著、更加浩渺无边。

他拿她没有办法。每次放学，他都用忧郁的眼神悄悄送走她失望的背影。

然后，亮一夜的灯。

夏天来了。校园里的芙蓉树上到处绽放着粉红色的小伞。有一天，她鼓足勇气走到他面前。

"毛老师，您知道那芙蓉树上散落的是什么吗？"

他想也没想，说："是美丽的芙蓉花呀。"

"不！"她说："那上面密密麻麻吊满了毛毛虫！"

他刚要笑，却听她哽咽着说："是毛毛虫用心，一点一点吐出的丝缕……无处不在的思念的丝缕！……"

他张大了嘴巴，惊讶得不知该说什么才好。

不敢对视她汪满泪水的双眸。

她咬着薄薄的嘴唇颤抖着逼问他："毛老师，您看到了么？您懂不懂？！……"

他硬了口气道："不懂！"

然后模糊地看着她，渐渐跑远……

几声雷过，高考的战火燃烧了整个六月、七月……

几声燕呢，青春的岁月更迭了数个两年、三年……

再次见她，他有些不敢相信了。她坐的是进口车，穿的是名牌衣，连笑容都是一副赛春图，时时处处溢满了幸福。而他，却成了校友会上一个反面"经典"。

"有什么啊？年轻时挑花了眼，运过了头，至今还是一个人过呢！"

她听了，和众人一起笑，开怀大笑，笑得美丽的脊背在太阳底下弯成了弓形。

他们放肆地呼喊着"毛毛虫"的外号，将酒进行到深夜。

深夜，待人群散尽，他才颤巍巍地取出那些他熬了几千个暗夜，用心、思念和血，凝成的文字。

一柱青烟，缭绕迂回，散了，淡了——

那些空气中轻舞飞扬的纯爱的丝缕。

看 天

行喜欢看天。

从小就喜欢。一个人，独独的，默默的，远离人群，无限贪恋地凝视着头顶湛蓝的天幕。有时候天上舒卷着云朵，行看着看着就笑了。笑像一圈小小的水纹从嘴角甜甜地荡漾开去。那笑像是行在说话，呵呵，天上有好看的云朵呢。

伙伴们喜欢弹弓、泥巴、水枪、洋娃娃，行却喜欢看天。行只喜欢看天，不喜欢别的。伙伴们就不愿意理行了，有时候还说行的坏话。说行其实是个弱智的哑巴，要不他怎么不说话老喜欢看天呢？新伙伴就恍然大悟似的点点头，给行投去一种同情的眼神。时间长了，行的老朋友们也在自己编造的故事里朦胧起来，以至于全部孩子都以为行就是个只喜欢看天的傻哑巴。

行好像听不懂伙伴们的讥讽，行漠视着那些热闹的饭后片段。行喜欢看天。

行只喜欢看天。

什么样的天行也喜欢看。行往往一看就是很长时间。刮风的天，倾雨的天，阴沉的天，爽朗的天，飘着白云朵朵的白天，缀着繁星点点的夜天……行常常看得痴迷，忘了时间。

很快，行上学了。行在课堂上学得很刻苦，成绩很好。有一次一位新来的老师提问行一个问题，行，你长大了要做什么？行站起来，望着许多讥笑的目光，想说，老师我长大了喜欢看天。但行没有说出话来，行猛地发现自己说不出话来了，行使劲地在喉管里挣扎，可是不行，行真的说不出话来了，那些咿咿呀呀的动静将行自己吓了一跳。行说的是，我去看天。而老师和同学们听到的却只是喑哑的呜咽。

业余时间，同学们该玩的玩去，该用功的用功去。行就静下来看天。行的座位原来是紧靠窗台的，但有同学报告老师说，行经常看天，都把同学们的精力吸引过去了，所以还是不要让行坐在窗台边。老师说，该同学说得很对，不能叫行一个人把大家学习时间和精力分散了。就给行调了位置，调到教室最后的中间。行似乎并不在意这些。行还是喜欢看他的天。行有时候就在想，真的，我长大了就做看天的工作吧！看天有什么不好呢？行将这写成作文，就遭到飓风般的嘲笑，有人问行，行，你那么喜欢看天你见过宇宙飞船吗？你能分辨天上的北斗七星吗？

行摇摇头，大家就笑得捂肚皮的捂肚皮，擤鼻涕的擤鼻涕，还有的眼睛里笑出了泪花。行心里想，我只喜欢看天哩，你们问的什么问题。就拿眼光再去看天，天空里飘着丝丝好看的白云。

大学时同学又换了一批。行还是喜欢看天。有个同宿舍的帅小子问行说，你整天看天，视力一定很好，真羡慕你行，我女朋友因为我高度近视把我蹬了。行从窗台下摸出写有自己名字的隐形眼镜药水给他看，帅哥轻蔑地"切"了一声，就回头走了。

行确实是近视眼，还很厉害。不知道怎么近视的。总之行要是不戴隐形眼镜看天，天就总是模糊的。模糊的一片蓝、灰、黑、红、沉重的铅。

行在大学里本来默默无闻，没想到却因喜欢看天出了名。同学们都知道了行很怪，喜欢看天，就有好多人认识行。好多不认识行的人想找茬儿认识行，跑来看行，看行怎么看天。行也觉得很奇怪，但自己顾着看天，没时间和他们啰嗦。好多人不走，就和行一起看天，于是校园里的阳台上都站满了看天的人。远远望过去，已经分不清楚哪个是看天的行了。

有个教天文学的教授听说看天的热潮是行引发的，就想动员行选修自己的专业。教授去偷偷观察了行，跟大家预言说，行只要在他的培养下刻苦努力，行将成为21世纪最有可能改变人类生存状况的伟大科学家。同学们听了纷纷咋舌。而行听了，不以为然，行没有选修教授的专业，行一次也不去听教授讲解的蓝天。

渐渐的，没多少人再跟行看天，不过是表面摆出那种痴迷陶醉的眼光罢了。

眼看就要毕业，只有一个女孩留了下来。女孩还和行一起看天。天天看天。好像什么样的天女孩也跟行一样地喜欢看。毕业时，女孩就成了行的女友。女孩随行去一个城市工作，业余时还是到郊外来看看天。

郊外人很少，凹地里长满杂草。行忽然叫女孩一起趴进长草丛里。女孩问行要干什么？行说，来，躺下，透过这些斜长的茅草看天。女孩仰头看天，天上竟有白云，树林，人群，红色的楼房，奔跑的汽车，女孩一下子觉得这天好大好宽，宽大得没有边沿。

女孩温柔地笑着，从坤包里掏出一顶火红色的鸭舌帽来。女孩将鸭舌帽猛地扣在行的头上说：行，以后，我不准你再看天了。

行从女孩眼神里看得出自己此刻很帅，而且觉得幸福正像天上蓬松的云朵一样涌来。于是行朝女孩笑笑，说，好啊，我以后不再看天了。

旧日余香

高三那年，我发疯地爱上了写诗。那段日子，我满怀豪情地以为，自己是那种随便一写就能成名成腕儿的人物。至少写几篇东西在市报上发发总没问题吧？于是，等我把几篇"分量"极重的作品寄给几家报社后，就开始了迫不及待地守望。我几乎天天跑到校收发室里查看信件。哪怕他们给我来一封热情洋溢的退稿信呢？我想。可没有，什么都没有。我的那群青春小鸟从此一去不回头。

面对堆积如山又与我毫无关系的信笺，我渐渐无地自容又恼羞成怒。我开始不再从家里偷烟给收发室的老头，开始当着他的面骂很嫩的粗话，摔打他那把破旧的暖壶，甚至我还扬言，谁要下季度还敢订那几家报纸的话，我就扎破他们的自行车胎！

一个人做起文学梦来，不折腾个半死不活是不会善罢甘休的。挫败使我不再挑灯夜战，而是把写作地点改成了课堂自习。有一次，我绝对不是瞎吹，在政治测试时我在最后一道问答题的空白处写就了一篇激情四射的科幻小说，名字叫做《四大星球》，人物皆用真名实姓。只可惜试卷留白太少，即使用完了反面，我仍是没能写完最后的结局（理科大都视该科为鸡肋）。结果三天后的政治课上，我们柔弱的女政治老师，竟然当着全班六十五名学生的面嘤嘤地哭了起来。她说我们班里出现了建校以来最大的奇闻！随后，她即命我走上讲台，手持试卷将这篇小说向全班同学高声朗诵一遍。我见势不妙，坚持不读，却见她气得花枝乱抖。而当我无奈地、投入地读起来后，她却再也控制不住情绪，大哭着跑出了教室。我的成绩一落千丈，全家惊慌。而我却仍旧沉浸在自以为是的作家梦中，啸傲文坛。我仍旧执著地往校收发室跑。

那个夏天的守望终于迎来了意想不到的收获。有一天，我在信堆里竟发现了一封写给我们班长杜平的信！信封上的字歪歪扭扭，像遭了风吹，统统偏向一个方位。关键信皮右下方的地址居然是我们班级！奇怪啊？！会是谁给自己班的同学写信呢？我把信紧紧握在手心里，偷出来，飞跑到操场里悄悄打开了它。这其间，我充满了自责和愧疚，感觉像做贼，但我又实在按捺不住那些活蹦乱跳的好奇和多疑。

信，真的是一个女生写来的！我的直觉一点都没错。但令我吃惊的是，写信人根本是班里一个很不起眼的女生。外号叫"豆芽"。她成绩一般、长相一般、身体极瘦，平日里沉默寡言，怎么看也不像是"那种人"呀——看得出，她在暗恋班长！

我不只觉得惊讶而且觉得不服。凭什么豆芽只暗恋班长呢？班长又有哪里比我强呢？尽管我根本不喜欢豆芽！

说来也怪，此后很多个夜晚当我反复揣摩那封信时，都有一股股酸流涌遍了全身。

我决定给豆芽写信！但信不署名。我把所有的文学才华都倾注在了这个恶作剧上。我惊奇地发现，豆芽很快就变了一个人。她会微笑了，嘴角露出那弯浅浅的月牙时，竟很好看！甚至一个周末，豆芽从老家回来，竟破天荒地穿了一件连衣裙！

我清晰地记得，在我写完第八封情书的时候，我喜欢上了豆芽。这是多么的不可思议！可我就像中了蛊，经常盯着豆芽消瘦的背影出神，迫切想看到她的一举一动。我发现她的眼睛原来是那么明亮，腿是那样修长，刘海儿是那样俊秀……每每她情不自禁地颔首微笑，都像在我阴郁的心间划亮了一根火柴……我想我的信她全都读到了，她喜欢那些水粼粼的诗句和热辣辣的抒情。她也一定深深地爱上我了！

更叫绝的，我每一封信几乎都让豆芽成绩提升一个台阶！眼看我的成绩举步维艰，她反而一举冲进了班里的前十五名。有一次，我俩居然考了并列第十名！能和日新月异的豆芽并列真让我兴奋！我当时就想，要是我们俩能考中同一所大学该多好啊！到那时，我就向她勇敢地表白，请她原谅我善意的过错。我们一定要手牵手做一对真正的恋人！

高考"唰"地一声就结束了。我、豆芽都考上了大学，班长还进了名牌。不过，我还未来得及高兴就获知了一条十分不幸的消息。我沮丧极了！想死的念头都产生过好几次。那简直就是我一生当中最黑暗的日子了。

大一暑假，我和班长在母校篮球场上邂逅。很快，豆芽也来了，她远远站在场外，冲班长挥挥手，班长扔掉篮球，跑上去一把就将她抱起来！我看到这时的豆芽已经蓄起了长发，美得如画中仙子。

听 课

那天本是节体育课,但班主任周老师突然走进教室里说:"同学们,我有一个重要消息向大家宣布!下周一,校长要来我们班听课!"说完周老师满脸绽放出灿烂的微笑。同学们见状,纷纷热烈地鼓掌!

周老师声音越发洪亮:"校长来听课,既是我们的荣幸,又是对我们的挑战!所以我今天特地要了课,咱们来做一下准备!"

周老师又说:"首先我向大家透漏一下,校长要听的课文是《春》。下面给大家五分钟时间,仔细阅读一下课文!"

讲台下,立即泛起朗朗的读书声。五分钟以后,周老师说:"既然课文都已读过,我们马上来熟悉几个知识点。首先,我要找一名同学回答,该文的作者是谁?小红!"

学习委员小红刷地站起来回答:"朱元璋!"声音又甜又脆。

可同学们的嘲笑声却像爆米花一样喷溅而出。

周老师难以置信地问:"小红你是不是开小差了?作为班干部,要时刻起到模范带头作用才行!——让大家来告诉她,作者究竟是谁啊?"

"朱自清!"另外五十五张嘴巴异口同声地喊到。

"很好!小红你一定要记住,到时候这个问题还是由你来回答!可千万不能再错了,明白吗?——现在请大家再翻到课文最后一页,找到生字表,看看本文一共有几个生字?"

"五个！"

"很好。给大家十分钟熟悉一下……"

十分钟后，周老师说："大家的记性一向都不错，下面我找几个同学来听写。

谁会的，请举手！"

白嫩的小手立即像雨后春笋，刷刷地冒起。

"都很积极！但我只能选五名同学上讲台来，小刚、小云、小超、小东、小华，你们五个，其余的在下面写。开始……"

五分钟以后，周老师开始为大家做点评。"大家看，班长小刚都写对了，是不是很棒？接下来副班长小云却只写出了前三个字，而小超的字写得像什么啊？大家看——对，太小了嘛，简直像蚊子！而成绩最差的就是小华了，身为宣传委员，竟然连一个生字都没写对！……"

又有笑声，海浪一样翻滚起来。

"你们几个今天的表现令我很失望，马上将生字表抄写三十遍。听课时可千万不能再出错了！"周老师温和的脸上明显泛起了严厉。"其他同学，让我们接着分析课文，看本文到底应该分成几个大段？中心思想又是什么呢？"

同学们越发踊跃，但周老师只挑选了卫生委员小南和劳动委员小林作答。"不对，不对。"周老师边为他们纠正边说："该文正确的划分应该是三个大段，而中心思想呢，是作者通过热情地讴歌春天以表达对自由人生的向往和追求！你们两个都记住了吗？……"

"最后，我还要找几位同学来向老师提问！究竟还有哪些地方不明白的？"

这一下，竟没有人举手。周老师摇着头启发说："我们要懂得不耻下问，一篇新课文不可能所有人一听就都明白了。要诚实！要勇敢！真正提出你们内心的疑问……"

说到这里，班长和学习委员等几名同学犹豫着举起了手。接着，是所有人。周老师顿时又有点不快："哪里来的那么多问题！难道每个人都有疑问吗？还是定下来，到时候由纪律委员小方和音乐委员小玲来提问。你们可以这样问老师：作者创作《春》的历史背景是什么？《春》中的比喻一共是多少处？到时候，我会再点名让体育委员小北和美术课代表小凡来作尝试回答……"

叮铃铃……下课铃声急促地响彻校园。周老师一脸疲惫地走出教室，整个后背都是湿漉漉的。

校长听课那天，一切都在计划中进行，可没想到最后还是出现了失误！不过幸好我发现，校长根本就没有听出来！所有的老师竟都没有听出来！

周老师在最后的提问时，并没有喊小凡的名字，而是叫起了我！那天小凡临时请了病假，于是周老师让与她同桌的我来回答那个问题。

我当然不记得该怎么回答，只是慌忙从武侠书里拔出脑袋来，委屈地想，我根本就不是班干部嘛！

如风的旋律

我说过，在我们小院里，弥徽的爸爸是个人物。

因为他不但是名解放军连长，同时还吹得一手好口琴。

你不知道弥徽的爸爸穿上军装有多帅！在三十多年前，他每次回家探亲，都能彻底把我们破旧的机械厂家属小院掀个底儿朝天。那时候妈妈就常常对我们讲，你们要是长大了能有弥徽的爸爸一半帅，那就算我没白养！

那可是个到处崇拜军人的年代啊。

直到现在，每当有人在卡拉OK里重温《血染的风采》，我还能想起那个英武的弥徽爸爸来。

你也不知道弥徽的爸爸口琴吹得有多棒！想想在三十多年前，文艺生活空前匮乏的岁月里，他坐在高高的门槛上给你随意吹一首《莫斯科郊外的晚上》，那种如泣如诉的颤音，那种飘散在风中的旋律，不把我们崇拜得五体投地才怪！

于是弥徽爸爸的探亲假，简直就成了我们神魂颠倒的时光。那时我们人人立志长大了要当一名光荣的人民解放军，并时刻梦寐以求能得到一把像弥徽爸爸那样的"敦煌牌"口琴。

有一次，弥徽爸爸临回部队前，把口琴留了下来！

我们争相聚集在弥徽身旁，渴望能摸一摸并亲口吹一吹那把口琴。可弥徽拒绝了。理由很简单：口琴是他爸爸的，他只是保管，乱吹一气还会传染疾病。伙伴们失望地散去，同时对弥徽也产生了很大成见。尤其是我，太不甘心了！因为我从小就是个不达目的绝不善罢甘休的家伙啊。

于是，我想方设法拿玩具跟弥徽交换。但弥徽仍然拒绝。

最后的最后，我只得使出撒手锏：把我爸爸出差青岛买回来的两盒压缩饼干送给了弥徽。

那个年代，这代价够疯狂了。

我终于战战兢兢地从弥徽手中接过了那把小小的乐器，小心翼翼朝它吹一口气，立时就有一阵清脆的音符飞越而出！

我真不敢相信，那样美妙的天籁竟是从眼前这个冰冷的家伙里发出的！我把它横在口中，来回抽拉，像啃西瓜一样吹出了一排排或高或低、或清新或低沉的音调！

我兴奋地扬起它在小院里飞跑，恨不能立即将我的得意传递给每一个人。

——我的招摇，却很快得到了报应。谁不想玩口琴呢？但弥徽除我之外就再没答应过任何人。

我和弥徽被孤立了。

看得出，弥徽比我更加害怕孤独。我知道那是因为，他的连长爸爸已经远赴越南前线。他比任何人都需要陪伴。

可他坚决拒绝再借口琴。

没办法，又是我想出了那个鬼点子。而弥徽，痛快地答应了。

我们俩一致对外宣称：口琴一不小心弄丢了！

消息一宣布，果然引起剧烈地震。我和弥徽一口咬定，是有人趁我们不注意，偷走了口琴！为了证明自己清白，大家必须一起寻找口琴！

于是为了自己的清白，伙伴们又重新一起玩耍了。但从此，我们玩耍最重要的一项内容，就是寻找口琴。

我们在李老奶奶的鸡窝里发现了建国丢失的弹弓。

我们在春华的床底下发现了希梅的头绳。

我们在姚鸣爸爸的抽屉里发现了许多能吹气球的套套。

我们的搜索搅得小院鸡犬不宁，但就是没有口琴的半点线索。

终于，妈妈还是发现压缩饼干不见了，迫于追问，我只得跑到弥徽家去索要。弥徽当然不给，我一时理亏气短，跑出门去就将口琴根本没丢的秘密说了出去！

这下可算捅了马蜂窝。从此小院里，再也没人肯理弥徽。每当我看见弥徽远离人群灰溜溜的样子，心里不禁就充满了愧疚。但我已无力挽回。我以自己的卑鄙，再次使弥徽被孤立。

所幸那个寒冷的冬天，弥徽还有口琴。我们亲耳听到在那些凛冽的风中，弥徽一个人躲在家中吹奏他的口琴。开始，那只是一些单调的重复的音符，渐渐的，它们变得生动鲜活、张力十足，并且溢满了忧伤和凄楚，伴随着呼啸的北风，迸发出一种撼人心魄的力量。

我承认，我嫉妒了。因为我被征服了。

我眼前再次出现了那个英武的解放军连长，他坐在高高的门槛上，给我们吹奏那些如风的旋律。

一个大雪天，弥徽家中传出撕心裂肺的哭声。我们也都得知了弥徽爸爸在前线牺牲的噩耗。听到那些哭声，我俨然觉得是自己失去了爸爸，从此将要面对永远漫长的孤独和寒冷……

待到天晴，我踏着厚厚的积雪去看望弥徽。却见在他门前，正有一把口琴镶嵌在高高耸立着的雪人嘴边，闪闪发光！

篮球场边的女孩

女孩究竟何时来的,我一点都没察觉。

当时我和所有人一样,正懒洋洋地奔跑在生硬的水泥地面上。投球、抢断、投板,都像在打太极拳,有气无力,形散神也散。

八月的下午,即使太阳偏西,温度依旧生猛。我们篮球场上的几个哥们儿像被晒蔫了的鱼,经过一番折腾都已奄奄一息。可女孩和红T恤的出现,即刻像一场从天而降的大雨,浇醒了所有萎靡不振的人。

不得不承认,红T恤的球打得可真不错!因为被分成对手,我几乎使出了浑身解数与之周旋,结果还是被他身高上的优势和出奇的速度抢得先机,投篮频频命中。

红T恤不时朝场边的女孩儿挥着手,动辄还高叫一下她的名字"韩旭"!我看到女孩正擎着一把浅粉色的太阳伞,脱掉了银色高跟凉拖,安坐在场外,微笑着望向这里。我的心刹那间像那个充气过足的篮球,蹦跳得有些失控。我可以发誓,我从来都没有见过这么漂亮的女孩。她脑后扎一个羊角小辫儿,额前秀发从一侧随意倾斜向另一侧,大眼睛、高鼻梁、小巧的红唇,上身一件麻纱的飘逸红白花短袖衫,下身穿一件七分牛仔裤,露出一截白藕似的脚踝。整个人看起来青春、清纯、时尚、乖巧,还有那么一点点性感。

我的心情随着女孩的眼神跌宕起伏,我能感觉到她无时无刻不在全神贯注地观看着这场并不精彩的球赛，甚至连我跑出场外捡球或发球时，竟看到她的微笑同样向我绽放。我感觉到了前所未有的兴奋和甜蜜，球技也有了超水平发挥！我开始热衷于跑圈、远投，一次次飞身经过女孩身边，让我脚下的风惬意地扇动起她额前的头发。比赛这才真正进入了高潮。意外是突然发生的！红T恤在一个跳投时被我拼抢倒地，我还没反应过来，女孩早已飞身进场，一脸焦急。红T恤面色扭捏而痛苦，被我们几个搀扶着下场，却用普通话大大咧咧地告诉女孩自己没事，受点伤不值一提！女孩却脸色彤红，眼睛里涌出泪来。我发现她刚才竟是扔了伞赤脚跑进来搀扶红T恤的。此时的我浑身像过了一道酸楚的电流，整个人几乎立时麻木了。我把球胡乱地摔向篮板，不知所措地站在原地。

红T恤一下场，所有人又恢复了萎靡和懒散。我低头环视，发现所有人也都对红T恤艳羡有加。我们气力全无，干脆都歪坐在水泥地上，不时扭头望着女孩和红T恤……

骄阳似火，口渴难忍。我那时，是多么羡慕那盏小小花伞下的那一小片荫翳，羡慕他们的喃喃私语。后来，红T恤开始拿出相机为女孩照相，继而他竟把相机递给了我，让我为他们合影。我手里端着沉重的海鸥牌照相机，从调景框里久久地端详着女孩。我猜测他们一定是放了暑假的大学生，女孩儿八成就是本地人，而红T恤则来自于另一个城市。

八月的天空，出奇的湛蓝，似乎并不真实；八月的中学操场，荒芜而又喧闹，在经历了连续几场假期的雨水后，远处偌大的足球场上野草肆虐、遍布积水，练体育专长的孩子们像一群蚱蜢飞驰在另一侧的跑道上——"喀"！随着相机一声脆响，我平生第一次被别人的爱情击中。这从此也拉开了我长久偏爱篮球场边的女孩的历史性序幕。从此以后的许多年里，我打过无数场篮球，接触过形形色色的球友，看见过不少静坐篮球场边的女孩，我对她们无一例外都充满喜爱。喜爱她们特有的安静，喜爱她们的盲目崇拜，更喜爱她们的纯真，甚至对篮球运动的无知——我抬起头来望向天空……我想我永远也忘记不了这个夏天了，我永远也不会忘记这个让我怦然心动的女孩。她像一阵柔和的微风，轻轻吹过我年少的心头。虽然时至今日我仍无从知道她的名字，她是哪里人、多大了、是做什么的，但她对男友用情的真挚和热烈，让人记忆深刻。

也许，她只不过是一个再普通不过的女孩，因为有了她，我记忆里的那个夏天就是永远的懵懂与羞涩，美丽与飘逸。她几乎是我成长的一个标记。

——数年以后，我偶然读报看到一个女孩因杀人而被执行枪决，报纸上有案件报道和嫌疑人的几幅照片。我愣愣地看着它们，对自己轻轻地说，不，这不是她。

光板球拍

一中汪宗玉老师，练得一手好球。

每次去校活动室，眼瞅满屋人头，宗玉撸把袖子一登场，简直所向披靡！任你什么样的高手，统统三下五除二，稳拿！不足挂齿。

宗玉打球，那是有渊源的。

六岁拜师，八岁打比赛，十岁领衔小学乒乓球队。他曾先后摘得全县少儿乒乓球赛单打桂冠，勇夺地级初中组单打第一名和双打第二名的好成绩，成功五次蝉联县少年组单打比赛冠军。

宗玉打球，横、挡、推、削、劈、砍、杀，一招一式，一点一拨，那皆是明门正宗，风范归整。练家子领教了，嘴上虽不说，心里头却是服服帖帖的；业余玩家每每吃到了苦头，总也免不了脸红心跳，退至左右，频频拾球，以避尴尬。

多数像我一样的球盲，只能驻足傻看，任脑袋摇成拨浪鼓，凭空里爆出声声"好"字来。

要不是宗玉母亲早逝，对他打击过大，说不定，宗玉早被某名牌大学特招了。而不是像我一样，中专毕业，来这所乡镇中学当教书匠。

就有一天，二中的几位老师慕名前来，指名点姓要与汪宗玉老师"决一死战"。我们听了，汗毛直立，随即自发组成拉拉队，浩浩荡荡拥向活动室，要为宗玉呐喊助威。要知道，素日里，我们一中与二中的各项竞争都进行得异常激烈，那些日子，他们刚刚在一场数学竞赛里输尽颜面，这次八成是想在打球方面捞回丢掉的自尊呢。

宗玉还在上课，但已有老师按捺不住，先期上场与二中选手较量上了。没想到，在我们山呼海啸的呐喊声里，他们迅速接连败下阵来。最后，我们竟目睹王副校长被对手一球击中眼角，顿时，眼泪、汗水和着彤红的鲜血染红了王副校长雪白的衣衫。

就在我们惴惴不安时，宗玉终于昂首阔步冲进大家的视线里。

——看过那场球赛的人一定还清晰地记得，那真是一场空前绝后的好戏。宗玉出神入化的精湛球艺，在那次生死鏖战中发挥得登峰造极、淋漓尽致。那二中自诩的几位乒乓好手，别看乍一上来耀武扬威，扫、扇、敲、吊，耍得有模有样，可一旦跟宗玉短兵相接，立马就变做了呆瓜，几乎没来得及有任何抵抗，就被宗玉密不透风的快削和暴风骤雨似的扣杀灭得晕头转向、气焰全无、狼狈鼠窜。

整个赛程历时之短，斩杀之干净、利落、轻松，让我们都不禁反过来，对二中老师产生了些许怜悯之情。

活动室里沸腾了。我们把英雄似的宗玉团团围住，高高抛将起来，偌大的屋子里，荡漾起欢腾的海浪。

转眼，又是一年金秋。学校分来几位年轻教师。其中一位，名唤尚庆义，这人塌鼻小眼，五短身材，论外表，比起身材高挑、浓眉大眼的宗玉来说，差得太远了。可偏偏应了"天外有天，人外有人"那句老话。宗玉的球技，遇到对手啦！起初，年轻的尚老师只是轻声走到宗玉身旁，声称"学两招"的。可谁能料到，尚老师一出手就打了宗玉一个措手不及呢？而尚庆义用的，仅仅是一副光板。

也就是说，尚老师手中的球拍上，根本没有橡胶。那是一副赤裸的三合板！

那他是如何轻松接住宗玉刁钻的来球，并在电石火光的瞬间里一一拆解、回击的呢？没人晓得。这在大家眼里，迅速成为一个科研难题。

宗玉脸色遽变，与对方互换场地，再比，还输，输得更惨，屡战屡败，几乎气疯了！尚老师不但完全不吃他千变万化的旋球，而且擅长在关键球的处理上高人一筹，使得比赛峰回路转，柳暗花明。有一次，眼看宗玉的杀球已击到对面的墙壁了，尚老师倏忽一个转身，整个身体立时倾斜九十度，双腿蹬踏墙壁，半空中一挥手，将球击个正着！

那一球的风情，着实迷煞了不少观众。许多女孩子当场就失声尖叫出来，一点都没顾及宗玉的面子。从此，校活动室墙上的一双鞋印，成为终结宗玉风光的一个标志。

而两位正式结下梁子，还在尚老师接过宗玉教过的两个班后。说来也怪，那两个班的成绩像插了翅膀，嗖嗖上长。潇洒的宗玉，从此陷入沉默。

不久，宗玉父亲竟查出了胃癌！宗玉痛不欲生。学校师生纷纷捐款，只有尚老师除外。更糟的是，因为宗玉一时疏忽，没把钱及时带回，一夜之间，抽屉里的五千捐款，竟然不翼而飞！

风波扬开，全校震惊。宗玉自然把嫌疑对象指向了尚庆义。

直到有一天，出乎所有人意料，宗玉居然在邻桌谢敏老师的抽屉里发现了钱款！原来，宗玉抽屉太满，抽拉时将装钱的信封由中缝挤到了临桌抽屉里，而谢敏老师吓坏了，一直未敢吱声……

消息传开，无不唏嘘。宗玉更是羞愧得无地自容。他多次想托我们几个帮他向尚老师道歉。无奈，我们也实难开口。

不过，我们倒是帮宗玉谋划了一场特殊的比赛。这场比赛，没有掌声，没有观众，没有纷扰，只有他们两人粗重的呼吸和铿锵的击球声传遍了大半个校园。不多日，我们就看到，那把残破的光板球拍出现在了宗玉手上。询问之下宗玉笑着对我们说，我有两个好消息要向你们宣布：第一，我打赢了尚庆义；第二，你们知道吗，尚老师以前是个孤儿，可他现在，有一个亲哥哥了！

涟　漪

　　轮到杜陈青枫了。他弓下身子，紧攥玻璃弹，眼睛眯成一条直线。但随即又停住了，像只兔子，重新直起身子，转头望向操场的另一边。

　　操场另一边，有高高的六棵大白杨树。远远的，一个头扎白色小花，身穿藏蓝色裙子和白色长筒袜的女孩儿，跟一个又矮又胖的男人走过来。

　　姚栋第一个喊道："杜陈青枫，你看上柴小絮了？"

　　杜陈青枫撇了一下嘴，没说话。仍然望着那边。

　　这时候，顾建东也等不及了，问："杜陈青枫，你到底走不走？"

　　杜陈青枫极不情愿地发出玻璃弹，情绪明显低落下来。

　　他用眼睛的余光注意到，柴小絮走到这边时，似乎朝这望了一眼，步伐明显慢下来，她几乎是被大人拉着拽着回家去的。

　　杜陈青枫沮丧地抬起头来，望着操场上静静伫立的六棵大白杨树。看起来，它们是那么安静。可实际上，它们头顶上的树叶，却在耀眼的夕阳里哗哗地翻转着。

　　姚栋的声音再次高起来："我又赢了！杜陈青枫，你还敢玩吗？"

　　杜陈青枫一反常态："不来了，没意思！"

　　顾建东讥讽说："柴小絮来了就有意思？她们只会跳皮筋。"

　　姚栋说："就是！"

　　杜陈青枫站起来，用力拍拍膝盖上的尘土，转身前狠狠地扔下一句话:"我最烦柴小絮那个胖爸爸了!没意思!"

杜陈青枫背着书包,慢腾腾地踢着石子往家里走。猛一抬头,却见柴小絮正从前方不远处朝自己走过来。

"杜陈青枫,我想借你的作业本看看。"

"不借!"杜陈青枫看也不看柴小絮。

"不借拉倒,我借姚栋的!"柴小絮说完,并不急着走,仍拿眼睛瞟着杜陈青枫。杜陈青枫置之不理,三步并作两步地跑掉了。

奶奶还在厨房忙活,爸爸陪妈妈去省城看病还没回来。杜陈青枫望着作业本久久发愣,他其实刚才很想问问柴小絮,为什么半周都没来上课?在三年级二班,还有他班长不能知道的事情?

还有,杜陈青枫最烦见到柴小絮那个又矮又胖的爸爸。他从来都不会笑,看人的时候直盯得你心里发毛。

奶奶终于做好饭菜了,可杜陈青枫还一个字都没写。恰在这时,门口有响动,是爸爸妈妈回来了!

爸爸回来后的第一句话,竟对杜陈青枫说:"先别急着吃饭,我们去趟柴小絮家。"

杜陈青枫嘟着嘴说:"我不去,我做作业。"

爸爸一脸凝重:"必须去!很快就回来。"

杜陈青枫没办法,只得跟在爸爸屁股后出了门。他一路低着头走路,很快穿过不远的街道,来到那有两棵梧桐树的家门前。

门没锁,杜陈青枫跟爸爸一进去就感到异样。四处静悄悄的,没有人说话,甚至连油烟和饭菜的气味都没有。

越往里走越黑,穿过狭窄的过道,走进堂屋,杜陈青枫一眼就看到那个又矮又胖的男人,深深埋着头,正望着交叠在腹部的两手,陷在一张旧沙发里。

透过卧室漏出的一点光亮,杜陈青枫望见柴小絮正背对着自己,趴在写字台上做作业。

爸爸默默地走过去,拍拍柴小絮爸爸的肩头。杜陈青枫以为这一下,会把那个几乎睡着的人拍醒。但他错了，柴小絮爸爸依然保持那个动作，只是将低垂的头木偶似的晃了一下。

杜陈青枫觉得自己就像个累赘，他实在搞不懂风尘仆仆的爸爸为什么非要带他来这里。他站着没动，等适应了光线，一抬头，竟将自己吓了一跳！

就在他正前方的墙壁上，赫然挂着一幅电脑屏幕大的相框。相框上是一节两端绾着大花的黑绸，里面正有一个好看的女人张开嘴巴朝着他笑。这笑，他太熟悉了。就跟柴小絮的，一模一样！

是柴小絮爸爸送他们离开的，杜陈青枫临出门前特意又看了一眼那个又矮又胖的男人。他的脸，非但不会笑，而且白得就像个鬼。

第二天，杜陈青枫一连从操场上那六棵大白杨树下走了五个来回。每一次，他都有意无意地望着跳皮筋的柴小絮。柴小絮也不时用余光看着他。最后，杜陈青枫终于走到柴小絮面前说："放学后你来我家，我把作业本借给你！"

说完，杜陈青枫掉头就跑。

放了学，杜陈青枫甩开姚栋他们，一个人跑回家里。大气还没喘匀，柴小絮已经跟来了。

杜陈青枫搬只椅子，踩上去，将藏在立橱上的一把瑞士军刀摸下来，用袖子仔细擦干净，双手塞给柴小絮说："拿回去给你爸爸，我送他的！"

柴小絮盯着这把瑞士军刀，迟迟并不伸手。

"不要！"她忽然喊道。

她眼睛里，迅速涌出两团泪花。

骂人不对

表哥一下长途汽车就撇着哭腔问我：还认识我吗表弟？我搂住他膀子说，自家兄弟，啥时候能生分了？

表哥忽然开始放声大哭：表弟啊，二姐出车祸了！

表哥说，二姐前天带儿子来市里看他打工的爹，今天俩人出门买菜时被一辆大货车撞了，听说现场连块囫囵肉都没剩！

我的头哄一声炸开了。原来表哥来是为了这事。

我们火速赶到出事地点，可现场只有一大滩浓稠的血迹。

听不少目击者说，二姐和孩子是正常走路时被突然抽风的大货车碾死的，那场景太可怕了！

我们又去交警队，听一个交警说车主留下了两万块钱葬仪费，下一步处理要等鉴定结论。他还说，车主是个市里的个体老板，很有钱，就是赔再多也没问题！

表哥当场就吼起来，咱要的不是钱啊！俺从小没爹没娘，是二姐把俺拉扯大的，怎么好好的一个大活人一下子就没了呢？俺心里像被剜了块肉啊！咱不稀罕那几个臭钱！

一周后鉴定结论终于出来了，二姐竟占百分之八十的过错！我们全都傻眼了。可鉴定如此，还附带所谓的证人证言。表哥冲上去就要和警察理论，我们被七手八脚地轰出来。

我说肯定是车主找人了。表哥说那咱也找啊！你不是在市里干吗？我说我还远没混到那份上。我又问表姐夫呢？你让他也出来想想办法！表哥却狠狠地说，以前在家就净打二姐，这次听说出了事，连头都没露，说快过年了工地上忙，简直畜生不如！

表哥跟我回家，像截枯死的木头。慌乱中他问我老婆，弟妹，你说该咋办？不能让二姐就这么冤死啊！

我老婆也悲愤难抑，说有些人真该枪毙！不行你回去雇几个泼妇天天到他们单位门口骂，骂他们收受贿赂徇私枉法！看他们怕不怕？管不管！

表哥听了唰地站起来问，这真能行？我老婆吓了一跳直喊，我一个女人家发发牢骚，你还当真啊？！

可表哥真当真了。他竟然把耿二奶奶和彩芹奶奶请出山了！

在这里我得先交代一下：耿二奶奶和彩芹奶奶是我们村里年龄最长的老人，当年无论是谁都能对着镜子骂上一天一夜不歇息。有一次她们曾双双对着仇家的天井骂了三天三夜。从那人祖宗八代骂到转世投胎；从天井里一棵酸枣树，骂到堂屋内一根绣花针；从那家人的吃穿拉撒，骂到夫妻俩睡觉打呼噜磨牙……无一不骂了个七七四十九遍八八六十四回合。直骂得那家人举家外逃。事后听老人们说，她们骂人时扶过的一棵大花椒树，第二年就枯死了。

我把她们迎进家门，跑进厨房沏茶，可刚出来就见二老跪倒在地，哭天抢地地骂开了。她们眼泪鼻涕交加，嘴里狠狠咬着二姐的名字，紧紧围绕交警徇私枉法的主题，直骂得山呼海啸悲痛欲绝天崩地裂。

这场空前绝后的预演，似乎一下子让我看到了希望！可老婆害怕，她多次问表哥，难道就没有别的办法了吗？表哥塌着脸说，车主留下五万块钱溜了，交警说如果接受调解就拿钱回家，不接受就去法院起诉。表哥说着又哭起来：起诉就能赢吗？那得等上哪年哪月……

死马当成活马医。我们只得开始了详细计划：表哥翌日一早带二老打车走，中途下车注意观察事态；耿二奶奶和彩芹奶奶则在交警队大门口下车开骂。如果骂得顺利，估计很快有人请她们解决问题，表哥随之加入；

如若遭遇"不公正"待遇，则尽可施展打滚、撕扯、撞墙等等手段，得不到满意答复就坚决不撤。第二天，我就像一具浮尸漂在公司里，耳朵里全是二老惊天动地地叫骂声。等终于熬到下班，我心急火燎向交警队赶去。

然而那个气派的大门口处空无一人，整座办公楼也一片漆黑。

难道他们真被领导接见了，经过一番义正严词地据理力争后，最终得到了满意答复，正坐上出租车向我家驶去？

可我空等了一夜，第二天又找遍了市区所有拘留所，连个人影也没见着！直到一周后，我终于想起来该给乡下去个电话，这下，竟然找到了表哥！

因为焦急，我劈头盖脸上来就骂：回去也不吱声，急着回去奔丧吗？！表哥的回答泥泞得很：我就是回来奔丧的……表弟啊，耿二奶奶没了！

什么？这不可能！那天去的时候不还好好的吗？

表哥说，甭提那天的事了，我在村里快被唾沫淹死了！那天她俩到了大门口根本一句话都没骂。耿二奶奶刚坐下就断了气，彩芹奶奶直到现在还下不来床！究竟怎么搞的？你快说啊！

表哥说，我问了，彩芹奶奶只是说她晕，她说她一辈子，从没见过那么多人开着汽车从那个大门里头出出进进。

她晕！

走 夜

"大妹子，一定要住下！别走夜路！"纪久成忧心忡忡地说完这句话，手搭凉棚，天边正有一堆黑云俯冲而来。

"不，大哥，俺走！"姑娘咕咚咕咚喝完三碗白开水，不改初衷。

"你走不了，天黑路滑，马上就要下大暴雨，你怎么走？"

"大哥你行行好，送俺？"姑娘眼里闪出一丝火花。

"不行，我得看粮！"纪久成一口回绝。

在他身后，是关东农场里累累的公粮。

姑娘弯下腰背起包袱，朝纪久成深深地鞠上一躬，转身就走。

"大妹子，还有三十多里路呢，不能走夜啊，有狼！"

"狼饿急了眼叼人哪！"

"你的鞋也全烂了！"

姑娘不答，兀自在茫茫的大草甸子上，走成一个黑点。

夜幕前的最后一点昏黄彻底湮灭了，半空中滚过几道闷雷。

纪久成一咬牙，抓起门后的门闩追出去，豆大的雨瓣开始噼噼啪啪地往下砸。

"大妹子！别走了，快回去！"纪久成扯住了姑娘的瘦肩，四周白花花的一片，什么都看不见。

姑娘劈手把门闩夺过去，大声吼了句什么，纪久成没听清，再去拉人时，门闩已经飞起来，重重地砍在半腰间。

纪久成哇哇地跳开，瞪大眼睛望着暴雨里疯癫的姑娘。那根门闩被她舞得像根榔头，轰轰作响。

回到住处，纪久成边烤炉火边撩开上衣，半腰那儿，紫红一片。纪久成连吸几口凉气，想想那姑娘，将一根木柴狠狠捅进炉膛。

湿漉漉的衣服经火一烤，散发出难闻的汗臭。纪久成忽然想起了姑娘那双破胶鞋，那双露着脚指头的破烂补丁袜子。

还有那张脸，地地道道的山东老乡脸，以及脸底下那段细长的脖子。虽然全是泥和汗，但泥汗遮不住的是大姑娘咄咄逼人的气息。

漆黑的眼珠、倔强的鼻梁……

纪久成坐在炉子边发傻发愣，脑子里全是姑娘扑朔不定的影子。

"大哥，给口水喝……"

"大妹子，自己来的？你去找什么人？"

"找俺哥。"

"你哥叫什么名字？"

"周明。"

"你呢？"

"俺姓李……"

"大妹子，千万别走了，夜里有狼！"

"不了，俺走！"

……

一点火星飞溅上肚皮，噗地一响，纪久成从椅子上弹起来。他惶惶不安地走到屋门口，将门拉开一道小缝，立即就被暴雨冲了个花脸。

场院外传来几声驴叫，纪久成忽然一阵哆嗦！

三个月前，他一个人巡夜时，就见从草甸子南边奔过来两只毛茸茸的大家伙！农场里从不养狗，那俩家伙尾巴老粗还耷拉着，是狼！

纪久成与两狼对峙，精神快要崩溃时，抡起了手中的门闩，俩狼掉头猛冲进驴槽，随后就有驴子的惨叫划破长空，凄凉至极。

那两只大驴都被狼咬断了脖子。脖子一断，身体忽地一歪，骨头都被啃得支离破碎。

纪久成后背飕飕发凉，脑子里全是白天姑娘那根又细又长的脖子。一阵煞白的闪电划过，纪久成摘下席帽，低头冲进漫天的冷雨中。

这样的混账天气，恐怕盗粮贼也不走夜！

纪久成一气昏天暗地地狂奔，精疲力竭时天却忽然放晴了。纪久成拼力蹬上一个斜坡眺视远处，澄澈的夜空下有一棵孤零零的大树。

大树下依稀有个单薄的身影在动！

纪久成兴奋地叫着喊着奔过去，逐渐看清楚了，大树下的身影正是那个走夜的姑娘！

姑娘对纪久成的呼喊置若罔闻，兀自在大树下簌簌地忙着什么。

纪久成终于气力虚脱，一头栽进泥水里。纪久成在泥水里艰难地翻个身，眼睛自上而下倒看着前方那棵大树。大树下，姑娘站直了身子，将头慢慢地伸向半空。

纪久成爆发出一阵撕心裂肺的嚎叫！他看见姑娘的影子一下子荡起来，像半空里一只系住了脖子的布口袋。

纪久成连滚带爬地向前扑去，却被什么重重绊倒。纪久成低头仔细一看，竟是一根门闩和一只被打碎了脑壳的狼！

滚　鸡

　　说是滚鸡，其实滚的不是鸡，是一种本地人称作草山鸡的鸟儿。

　　天一立秋，那些家伙就成群结队、遮天盖日地朝着麻村南山扑落下来。而此时，以五奎为首的麻村人就开始坐在天井里拾掇鸡笼子了。

　　鸡笼当然是专为滚鸡用的。一色的嫩荆条编成，比一般鸟笼大，和29寸彩电外形差不多，正上方拴一个铁丝吊钩，吊钩两侧是两个用柳条扎成的竹筏样的小门。小门仰天朝上，只一头用草绳系了，利用杠杆原理在下方坠两块碎砖头，名曰：坠石。这样，两面柳条小门就布成了两个陷阱。

　　草山鸡这玩意儿，花花绿绿，伶伶俐俐，个头如拳，叫声清脆。一飞一大片，一落一大群。入秋时节来，过冬之前走，捉了来，用砍刀剁成碎肉，煎了，炒了，香味儿能飘散好几个山头。

　　草山鸡吃得挑剔，爱啄高大柿树上成熟的烘柿籽，也爱叼草棵里一种名叫滚珠的果子。滚珠藤像迎春，果子一结一簇，非常密集，一颗颗像坡里红透了的小草莓。如果哪年草山鸡来得早，树上的柿子尚未熟透，那这种红彤彤的滚珠就是草山鸡们最爱的美味了。

　　所以，五奎他们总喜欢采了滚珠系在鸡笼两面小门的内侧，专等草山鸡来啄。一旦它们扑扑啦啦从天而降，争先恐后地扑到笼门上来啄滚珠，那么两面小门就会"唰"地一声塌下去，将草山鸡们一个不剩地滚进笼子里！这时候，它们惊恐万状，欲再作挣扎顶撞，却已无济于事，因为小门早已因坠石的拉力关得严严实实了。

　　当然，麻村人五奎捉草山鸡还有很多种方法，比如用网拉、用盆扣、用枪打，但时间一长，它们就精了，上套儿的少了。

　　在麻村，五奎之所以是一个捉草山鸡的行家，原因是他脑子活，肯费心思琢磨，还舍得下工夫。五奎怎么捉呢？他通常在每年立秋之际，先用粘网拉住零星的几只草山鸡，再从这里面精选出一两只羽毛呈旧砖墙色的、特别能跳、能叫的，当"鸟引子"。麻村人管这类鸟叫"护子"。这护子一旦进笼，就像浑身生了刺，躁动不安，蹿跳不停，叫声也格外响亮，往往刚把它们放进笼子，天上云彩厚的草山鸡就扇棱着翅膀扑下来了。甚至，五奎还试过，不在笼子上放滚珠，单靠护子引，就能惹得草山鸡成群成片地下来就擒。

　　不忙时，五奎老婆也会搭把手，帮五奎用长竹竿将鸡笼挑上高高的柿树。而五奎则躺在草棵子里一睡就是大半晌。暖暖的秋阳盖在身上，就像一层绵软的毛毯。

　　麻村有二百来户人家，按一半人家有鸡笼、家家十个算，那全村得有两千余个鸡笼子。如此一来，一整个秋天，麻村人要吃掉数以万计的草山鸡。

　　早几年，麻村人短菜。五奎家就专门拾掇了草山鸡腌起来，伺候客人。甚至乡里来了人，听说草山鸡口味一绝，都要由乡干部领着进村找五奎去。五奎的脸上就很风光，赶上时节了，他还会提起鸡笼子现去山上滚活的回来下酒。

　　就在去年，乡里突然来了通知，说让麻村人去乡政府领钱。村人欢天喜地地去了，一问，才知道，钱是某个日本协会出的。日本方面说草山鸡系稀有鸟类，是属于日本国的，每年秋天南飞途径麻村南山作短停觅食，请村民们不要捕杀。

　　五奎第一个扭头走了。有领了钱的，回村即被五奎骂了个狗血淋头。五奎点划着那些人的鼻尖吼：狗屁！谁说草山鸡是属于日本的？领钱不是背叛祖宗吗？！被骂者恍然大悟，赶紧回去退了钱。

转年立秋，大群村人扛着竹竿、提着鸡笼再奔南山时，猛然发现队伍里少了五奎的身影。五奎扯着沙哑的嗓子喊：连日本人都知道护鸟儿，咱还不懂吗？现在日子好了，眼看草山鸡也一年比一年少了，行行好，都回去把笼子挂起来，让它们安心在这儿安家落户吧！

村人哑然。年尾村委改选，五奎竟没费一枪一弹顺利当选。

五奎干村长，一改往日的邋遢懒散，而是作风正派、雷厉风行，切实尽力为村里干了不少实实在在的好事。走村串户的五奎，还有个经常爱到村人闲置的西屋里转转瞅瞅的习惯，一边指点着那些个蒙了厚尘的鸡笼，一边感叹着说：摘下来擦擦吧，扎这玩意儿不易，留着以后哄孩子玩儿嘛！

炸　狐

风刮了半宿，雪下了一夜。

早上起来，屋檐下悬着一串串冰溜儿，满世界一片灿白。

天寒地冻，对猫在山旮旯里的麻村人五奎来说，正是出门炸狐的好日子。

要说五奎也不是不想窝在热炕头，和老婆通通腿儿、拉拉呱，或喜滋滋地咪溜着几盅地瓜干儿白酒解解乏。山里人累死累活了一年，也该歇歇了。

可五奎有五奎的盘算——忙活着出门炸狐。

麻村北山，一到冬天，野狐成患，成群结队、浩浩荡荡地翻山串岭。灰狐远看像蹿动的风暴，红狐像飞翔的火焰。冰天雪地，它们是着急出来觅食呢。五奎对它们足迹的熟悉，就好像看老婆手指头肚儿上的斗和簸箕。

五奎是村里公认的炸狐高手。

五奎之所以炸狐，这里头还有个小道道儿。

五奎乃村里有名的孝子，全村数他爹年纪最大，一百零六了。故五奎每次喝酒必邀老爹一块儿，上就上最好的下酒肴儿，一喝三天整。爹年纪大了，唯一的爱好就是抿点儿小酒，或由一只很老很老的黑狗陪着到坡里地头转转走走。爹在村里是个宝呢，五奎的下酒肴儿又怎么能简略？

·040·

在麻村，别人喝一天酒，兴许只就半小碟咸菜，或一个半个炸得糊里糊气的小辣椒。甚至有传得更玄的，说谁在家喝酒，屋里没舍得掌灯，下酒菜是上顿剩下的半条蚂蚱腿。那人每喝一盅，捏起蚂蚱腿在嘴里舔一舔，愣是喝了半宿。下半夜，许是醉了，手一松，蚂蚱腿掉了，赶忙趴地上摸索，等摸着了也骂上了："狗日的还能叫你跑了？明天三顿还全指望你哩！"第二天，这人嘴唇乌黑泛紫，肿得如猪嘴巴子，老婆凑近盘子一瞅，吓坏了，男人舔了半宿的菜肴竟是条蜈蚣！

扯远了。

再说五奎的下酒肴儿：二荤三素。在麻村，小葱、香椿、桔梗三样儿素，只要人勤快，都能种得收得。而二荤，炒山鸡和炖狐肉却不是人人都有口福的。尤其是这狐狸肉，冬天尤肥，扒了皮毛，用砍刀剁巴剁巴，扔大锅里添足了柴煮，香味儿能把人魂儿都勾没了。

可毕竟捉狐得有绝活儿！

首先，雪下三尺深的时候，五奎就早早下炕悄悄出门了。五奎是外出看道儿呢，看那些花里胡哨的狐狸夜里走的哪条道儿？将那些梅花似的一枚枚小脚印牢记在心。

其次，五奎就开始把自己关在屋子里炮制那些"炸肉丸子"。五奎先是用氮肥和硝酸铵自掺成炸药，然后用桔梗叶一包，丢进冷却的肉汤里一滚，再捞出来，放到天井里，任其冻成一个女人拳头大小的"炸肉丸子"。

最后，等雪终于消停，五奎就带着这些肉丸子迈着大步上山了。众所周知，狐狸大都沿着固定的道儿走，五奎就按牢记在心的狐迹撒下颗颗肉丸子。等这道工序完成了，就迅速掉头，脚印摞脚印地往回走。不是怕冷忙歇息，而是回到炕头上竖起耳朵来专心听动静。

有时候，一天夜里，满山遍野能响二三十炮。想那饿狐见了肉丸儿，就跟见了亲爹似的，扑上去张嘴就咬，结果就被炸飞了下巴。第二天，五奎自然收获颇丰。肩上扛的，手里拖的，全是沉甸甸的狐狸。

可也有时候，撒出去的肉丸子一颗颗见少，但响声却寥寥无几。这时候，五奎凭经验就知道是遇到老狐狸了，它们有的径直将肉丸子含在嘴里，却不撕咬，直到找块僻静处扒土埋掉了。但它们记性又出了奇的好，等来年哪天饿昏了头时，会再扒出来安全地吃掉。

甚至有时，狡猾的老狐狸一见附近有人迹即会望而却步，改道儿而行！慢慢的，五奎也就摸索出了在雪地上单步行走、掩埋脚印和在雪地里滚掷肉丸子。总之人跟狐斗，最终人还是要远远胜出一筹的。

有一年，赶上荒年，麻村老少吃饭都极难。五奎在山上冒雪猫了三天，瞅准一只狐头，一心要炸趴它回来炖肉。

五奎雪后顺路撒下好几枚肉丸子，专心回家等动静。

结果第二天，就听见野坡里一阵爆响。五奎兴奋地赤脚蹿上山去，却发现咬了肉丸子的根本不是狐头，而竟是他们家的那只老黑！

老黑默默无闻地跟了五奎爹大半辈子，没想到竟就这么去了。

说来也怪，五奎爹本来身子骨好好的，却因为老黑突然没了，一下卧床不起。没几天竟也撒手而去。临走，爹嘱咐五奎，让把他和老黑埋在一块儿，路上好做个伴儿。

五奎流着热泪埋了老爹。自此便断了炸狐的念头。

扫　荒

扫荒说白了就是逮蚂蚱。逮蚂蚱为何不叫逮蚂蚱而叫扫荒呢？这还得从麻村南坡疯长的油草说起。

麻村南坡，地势平缓，光照十足，每年遍地长起一种能漫人腰际的荒草，也叫油草。这种草秆细枝蔓，生得繁茂，长得密集，根茎浑黄饱满，又耐干旱、活力足，像能榨出黄油来的作物似的。麻村人最喜欢割了油草烧火做饭，旺啊！当然最神的，还是油草能"招"蚂蚱。

油草招来的当然也不是普通蚂蚱，而是油蚂蚱。油蚂蚱有人也误叫牛蚂蚱，其实无论怎么叫，人人都能仅从字面上看出这种蚂蚱一定是个儿大、肉多的美味来吧？

对了，油蚂蚱不只个儿大、肉多，而且外表青黄，喜欢油草而又跟油草相像，且不爱飞跳，十分难找。要逮油蚂蚱，不拿荆条或树枝把它们扫出来，怕很难逮到。这就好比钓鱼要提前"打窝子"，捉鸟要事先"下套子"，要逮油蚂蚱，就得先把它们扫出草棵子来才行。

所以在麻村，逮蚂蚱（其实是逮油蚂蚱），也叫扫荒。

"二狗子，干啥去？""扫荒呢，逮它几个油蚂蚱下酒！"

"三叔，扫荒去吧，闲着也是闲着！""走，上南坡！"

"扫荒去呢！走呢！谁去晚了没有呢……"

你听，你听听，村里不时就有人吆三喝五地跑去南坡扫荒。那个年月穷呢，不像现在，蚂蚱被成碗成盘地端上酒桌，筷子都不怎么想动。那时候一人逮它十几个油蚂蚱用油草一穿，到家丢锅里使油一炸，那个酥啊、脆啊、香啊！你吃过吗？没有？那太遗憾啦！

过去，一到秋天，赶上好天，麻村男女老少都要去南坡忙活。男人刨药，女人割草，老人放牛放羊，娃子们满山乱跑。不过，所有人都能忙里偷闲扫它一阵儿荒，逮它几串蚂蚱。漫山遍野里，人语喧响，笑声起伏，简单而又快乐，繁忙而又充实。此情此景若是让一个写实主义画家目睹了，准能作出一幅热闹生动的好画来！

麻村扫荒时的故事，能有一箩筐，这里单讲五奎家里那个。五奎媳妇宝莲是从外村嫁过来的，可不容易。那时候谁家有闺女不愿往富裕的地方嫁？可五奎就有那个福分，生在穷地方，却赶集时认识个俏姑娘，一来二去，真就领回来了！可麻村人也只羡慕了几天，宝莲的肚子老不见动静！在过去，这还了得？五奎脸上就挂不住了，就吵，甚至还动手打宝莲。幸亏宝莲性子好，只是偷偷躲在灶前抹眼泪。

有一天，两人再去南坡。五奎刨药，宝莲割草，周围都是些活蹦乱跳的扫荒的光腚娃子。宝莲割着油草，听着娃子们的叫闹，心情渐渐沉重，竟觉得也有把镰刀在心底一刀刀地狠剡！宝莲眼泪就止不住地流了个痛快，眼前一片模糊，连油草根扎人钻心的疼也顾不得了。

突然，宝莲就看见镰刀底下猛地蹿出个大个儿的油蚂蚱！这油蚂蚱大得出奇，遍身青黄，饱满多肉，肚皮泛白，兀自在镰刀底下挣扎跳跃个不停，宝莲赶紧擦干眼泪，就手捉住了，起身去找五奎。

五奎也在扫荒，听见宝莲喊："哎，我逮了个大油蚂蚱！"迈腿就往这边来，却早有一群光腚娃子急猴猴地跑上来争抢。"看！"宝莲兴奋地举起油蚂蚱，一个娃子接去却立即"哇"地一声惨叫！宝莲摇头笑问："大吧？吓着了？"

五奎快步走到跟前，捏起大油蚂蚱细看，不料竟也"啊"地一声惨叫丢掉！径直拿两眼紧紧盯着宝莲。宝莲被盯得发毛，想问这是怎么了，一个大男人还怕蚂蚱？低头一看，这才发现，躺在地上的哪里是什么蚂蚱？

竟是自己一根断掉的小拇指头！宝莲眼前一黑，就跌倒在地。

村人火速把宝莲送往乡卫生院，后又转院，无奈路太远，又不通车，虽经全力抢救，手指仍没能保住。醒来的宝莲却没觉得伤悲，还朝着五奎笑。五奎却在病床前捂头痛悔，大骂自己以前是混蛋！宝莲听着听着，眼泪又落下来了。她忽然明白，五奎并不是不疼自己啊，他太想要孩子了！

可喜的是，这次住院并没白住，宝莲借机撺掇五奎一起查了身体。结果两人都没啥事儿，就是五奎有点小炎症。医生说，好治。

五奎就治了，结果回村没俩月，宝莲竟有了！

宝莲生儿子那天，五奎又去南坡扫荒逮了蚂蚱回来。五奎对宝莲说："吃点油蚂蚱补补吧，小指他妈！"

宝莲乜了五奎一眼，笑了。

放 养

　　山里头，别的不说，鸟多。

　　比如说"哑篮子"，这鸟飞得极高，高得只见一个点儿，可叫起来抑扬顿挫，能勾人魂儿；比如说"滴滴水子"，这鸟极小，只有麻雀一半大，可叫声神奇，它"滴水——滴水——"地叫，那就是要下雨，它"晴天——晴天——"地叫，那离天晴就不远了；再说"黄毛篓子"，叫起来就更是如丝如簧，悦耳无双，恐怕要算是山里头长得最耐看、叫得最动听的鸟啦！它怎么叫？"黄毛篓子吃樱桃——黄毛篓子吃桑葚子——"大体就是发这种音，长不长？好听不好听？尤其在春天，尤其刚下过雨，你若能在桑园里遇见几只黄毛篓子，听它们欢叫说不定你都能长寿！

　　好了，就说那年。那年，五奎才十二。小孩爱玩、爱闹、爱蹊跷。有天跟着老爹上坡回家路过南福家时，突然拔不动腿了。老爹催几遍，仍是痴痴不动，老爹上去就一巴掌，直扇得他趔趄几脚，"哇"地放声哭出来。

　　爹问五奎："你丢了魂儿咋的？不快走！"五奎哭着说："鸟！"爹问："什么鸟那么好看？"五奎用手指指南福家的院墙说："黄毛篓子……"

　　爹就放眼望去。南福家的院墙很高，但屋子地势矮，窝在坡底下。爹这一望就望见南福老婆金花正捏了几只大油蚂蚱喂一只鸟。这鸟有瓷碗大小，浑身金黄，正乖乖蹲在院子里的一棵楂果子树上让金花喂。可不就是黄毛篓子？！

爹哈哈一笑说："我寻思是啥好鸟？不就是一只黄毛篓子！不稀罕！"五奎却喊："爹，你快看，那鸟通人气儿！"爹再看去，果然那只黄毛篓子已经飞上半空，可当听到金花嘴里"车儿——车儿——"地几声轻唤，又乖乖飞回来，落在了刚才的楂果子树上。

爹蹙着眉说："你要想吃楂果子，那好办，我给你要去，想要那黄毛篓子，肯定没门儿！那是南福逮了哄新媳妇的！"五奎听了就很不高兴，他才不稀罕那种熟透了还发涩、必须得歪着脖子硬往下咽的楂果子呢，他就想要那只黄毛篓子！

爹见五奎继续发愣，天又擦黑，扭起五奎耳朵就把他拽回家去！

打这儿，五奎心里便有了那只能听懂人话的鸟。五奎曾多次趁爹高兴在他跟前哼唧着要，爹却呵斥："胡闹！你当黄毛篓子好逮？老窝专挑细枝儿做，扎得有二三十米高，你想要？我还想要呢！下酒是好玩意儿，只可惜爹爬不动树喽……"五奎听得直掉眼泪，一边两个姐姐却许愿说，等哪天让她们遇上了，一定给五奎逮一只黄毛篓子喂！

可许愿终没实现，姐姐们都嫁走了，轻易不回来。得等到哪年哪月？五奎就偷偷跑去了南福家。金花向来最喜欢孩子，就问五奎："你真想要？你保准不养死了它？"五奎当即发下毒誓："谁养死它谁是王八！"于是，金花就让五奎站到院子里看着，她张开小嘴，两手一扩，又"车儿——车儿——"地唤起来。

听到呼唤的那只黄毛篓子果然就不知从哪里飞回来！还径直落在了金花手上！金花一把攥住它，告诉五奎这鸟是俩月前被南福捉住养到现在的，养长了就能通人气儿！五奎千恩万谢地跑回家去。

可五奎万万没有想到，鸟拿回去，刚一张手，就"扑棱"一下飞到了院前的大柿子树上，任是怎么叫唤也不下来。五奎学金花扫荒，逮了不少油蚂蚱回来引它，可它只是声声断叫，根本不理！

五奎急得没法，只好蹑手蹑脚爬上树把它逮住。一想起毒誓，又只得呆呆给金花送了回去。

　　本来，五奎以为和黄毛婆子的缘分就到此为止了，谁想来年春天他和伙伴去北坡拾柴时，又在一棵大平柳树上发现了一窝黄毛婆子！别人都不敢上，可就五奎大着胆儿往上爬！树梢越来越细，晃晃悠悠，忽然，鸟窝里飞出了一只大个儿的黄毛婆子，来回在五奎身边扑打翅膀。大鸟被惹怒了！五奎后悔爬上来，却又倒退不得，眨眼间就被大鸟啄了十几下，疼痛难忍。伙伴们都吓跑了，只剩下五奎绝望地喊着："娘啊！救命啊！"可深山旷野，谁又听得见呢？

　　五奎终于够到了鸟窝，用手指颤巍巍地夹出一只幼鸟来，可随着"咔嚓"一声爆响，平柳树梢断裂，五奎被重重地摔在地上……

　　等五奎醒来，已是第二天清晨，奇怪竟没怎么受伤。五奎睁眼第一句话就问："我的黄毛婆子呢？"娘说："别提了，一直不吃食，大黄毛婆子也跟来了，从昨天到现在一直在柿子树上叫！"五奎望向窗外，果然就看到一只大黄毛婆子在细密的树枝间急叫："黄毛婆子吃樱桃——黄毛婆子吃桑葚子——"

　　五奎的心忽然就软了，赶忙对娘喊："快放了小黄毛婆子！叫它娘也回去吧！"

　　五奎想，自己在最危险的时候想到的是娘，小黄毛婆子也一样啊！他不但要叫娘放了小黄毛婆子，还要上南福家去，瞒着金花把她的那只也要过来放掉！

　　金花站在天井里，"车儿——车儿——"地一阵呼唤，黄毛婆子果然又从远处飞落到了楂果子树上。

借　鱼

过去，村里穷。穷到啥程度？现在人恐怕想破头也想不出。打比方说，有人家好几个闺女都十八九了，却连件像样衣服也没有。谁要出门，得等，等先出门的人回来把衣服替换下才能穿上出去。出去了还得盘算着快回来，否则在家里苦等的姊妹们会着急，回来挨骂；有的人家则更窘，全家住在一两间小草棚里，简陋到了极点。这种草屋晴天还好说，一赶上下雨，外面大下，里面小下，整间屋里找不出几块干地方；夏天还好说，冬天一刮西北风，外面冰天雪地，屋里照样，冷得赛冰窖。就是这样的屋子，村里还有好大一片。

这个村还特别偏。偏到啥程度？距县城少说也有一百多里山路，赶个集还得走上一天一夜！整个村窝憋在小山坳里，从山顶往下看，稀落的住户就像屙下的几排羊屎蛋子，而穿村流过的小溪就像一把撵羊鞭子。这片山坳也有个特点，远看像葫芦：上窄下宽，头顶两座山峰像要拥抱似的向对方靠拢，而下面的宽阔地，就是村子和几小片薄地了。多年过去，村人渐渐习惯了单调枯燥的生活，自嘲时就给这地方杜撰了两句顺口溜："葫芦滩，葫芦滩，老鹰一来黑了天！"对了，这个村就叫"葫芦滩"。你想啊，老鹰一来翅膀就能遮住的地方，还能不偏？以上说的是穿、住、行，接着说吃。这种地方还能吃啥？那年月，野菜挖没了，树叶撸光了，鱼虾也捞净了，人能混个半饱已相当不易。不过倒也没人饿死，靠着几亩薄地，二三十户人家婚丧嫁娶、生儿育女，多少年也就这么过来了。下面讲的这个五奎家算过得好的。五奎家里儿女少，俩闺女俩儿子。大儿已在葫芦滩成家立业，二儿还小，俩闺女却都有幸嫁到了山外。所以五奎日子算过得比较"宽裕"，除了勉强混饱肚子，还额外养了两只会下蛋的母鸡。

别看葫芦滩人少地偏，可民风古朴，人心纯善。但凡有外人来做买卖、走亲戚，村人都当大事待，肯将平时的宝贝东西拿出来。那些走村串巷的生意人、老郎中和偶尔走亲戚的外村人，往往能被葫芦滩的热情和实诚所深深感动，于是干脆就把木箱里的货，赔本也或卖或换地给了村里人；就有郎中常年不断到村里走走，免费给人们抓药治病；那些嫁出去的闺女也没忘本，还常喜欢带着外头的鲜货和夫婿一起回来小住几天。

那么葫芦滩用啥标准待客呢？肉，肯定没有；青菜，不过零星一点野菜；真正的"大件"是啥？是白磷鱼煎鸡蛋！那年月过来的人肯定都知道它，那真是一道香味儿能散好几个山头的佳肴啊！鸡蛋，是村人靠"屁股银行"下的，只有稀客来时才舍得打一两个；而"著名"的白鳞鱼，在葫芦滩算"国宝"了，是一个叫"豁牙子"的买卖人留在葫芦滩的。那年豁牙子做买卖经过村里，大病一场，幸亏靠了秋生一家照顾，才死里逃生。豁牙子临走，就把那条裹在箱子底能咸掉人舌头的白鳞鱼留了下来。

从此以后，这条珍贵的白鳞鱼就频繁出入在葫芦滩的各家各户。谁家有客，都能到秋生家来借，借来放进锅里，打上鸡蛋，那种呛鼻的香味儿立时就弥散开来，能把人的舌头馋得没了弹性。秋生的确是个好人，他的大方让他名声大噪。客人们心照不宣地面带笑容，一面吃着煎在白鳞鱼旁边的鸡蛋，一面将秋生的美德传向遥远的山外。

那年的腊月初六，五奎二女婿带着兄弟"回三"（当地风俗：新婚第三天回娘家，坐上岗、喝敬酒）。五奎当然不能短礼，第一次去秋生家借了鱼来。要说这鱼真是条好鱼，家家户户用过不少回数了，竟皮毛无损，盐味儿也不减当初，放进锅里煎上鸡蛋更是色鲜味浓，香得人丢魂儿！一桌人喝得差不多时，五奎小儿子跑进来缠着要吃菜。五奎一高兴就赏了一筷子煎鸡蛋。不料小孩嘴馋，还想吃鱼。五奎伸出巴掌，两眼一瞪，儿子

"出溜"钻进了姐夫怀里，一个劲儿哼嘤。说来新女婿也是深知这吃鱼的"道道儿"的，无奈已喝高了，又想在小舅子面前充大，当即就拿筷子撕下一大块鱼肉塞进了小孩嘴里。五奎眼看阻挡不及，头嗡地一下就炸了。这鱼可怎么还呀？！但又不好冲新女婿发作，只好拉过儿子来照腚就揍起了巴掌。不料儿子这一连串的连哭带吓，突然脖子一梗，没了动静。众人围上，见是鱼刺把喉咙卡了！五奎娘就扯天叫唤起来，也巧了，哭声引来一位正在村里看病的老郎中。急忙给这孩子灌上一茶盅棘针草汁，又把孩子翻过身来推压后脊梁，只几下，孩子就"哇"地一声活转来了。原来这鱼刺最怕棘汁，一见就软，一吐就出。

　　孩子是救活了，可当夜五奎和老婆却犯了大愁！商量来商量去，只好忍痛送回一只母鸡去抵债。天一亮，五奎就去鸡窝里掏出一只个儿小的母鸡，正要捆绑，老婆却跑过来伸手就往鸡屁股里掏，硬是抠出了一把碎蛋皮来！可蛋皮是掏出来了，鸡却扑腾了几下闭了眼！难道能还人家一只死鸡吗？五奎把死鸡劈头盖脸地甩向老婆，满嘴骂着又把那只大个儿的母鸡掏了出来……

　　自这以后，五奎竟跟二女婿结下了仇，多年里都未再走动；而五奎也从此落了个坏名声，因为是他把全村唯一一道好菜给毁了。——至于那只鸡，它怎么可能补偿全村人的损失呢？

算　卦

　　麻村儿不大，猫在山旮旯。没几户人家，还穷，地里头也不怎么长庄稼。

　　但偏有不少人，开着车，骑了摩托，甚至蹬自行车，步行，远道而来。

　　来，是为见一个人。具体说，是个妇道人家，姓简，虽说年纪一把，风韵凋残，但其有一手令人咋舌叫奇的绝活——算卦！

　　据说甭管你是想当大官的，想发横财的，想娶媳妇的，想生孩子的，还是想求个方子祛除疑难杂症的，只要相信"简真人"，她给如此这般一算，包管心想事成！

　　据说小城鼎鼎有名的天良堂大药房的老板谢听松，八年前落魄时就找过她，结果人家现在是拥有十八家药品连锁店、身价上千万的大董事长；还有田语鹤、孙长波、纪汇文，甚至仇老大，这几个如今无论在商界还是官场，跺跺脚就能让小城震三震的显赫人物，都曾多次前来虔诚地问路求方。

　　当然，这都是据说。不过小城里好像人人都知道，个个都晓得，茶余饭后都乐得聊谈传播。有传得更神的，说一个机关女人，多年未孕，去算。简真人先是命其在半米开外推掌站定，自己闭了眼，双掌对揉，嘴中念念有词，然后与女人对掌把脉，最后，简真人从抽屉里摸出一张古铜色的小算盘，双手在其上熟练地劈劈啪啪一阵拨奏，嘴里叽里呱啦激烈言语一番。末了，算盘唰地一停，嘴唇赫然张开，猛一口浓痰啐出，高吼一声"娘耶"！

女人求子心切，正欲前问，被简真人一脸愠色呵住。既然怀了，又何必来试我！女的一听，急了，说：我要是真怀了，我给你磕一百个响头还不行吗？简真人，我是诚心来求方啊！说着就要跪下。

简真人却说：你赶紧走吧！早怀上了，是个男孩。女人恨得咬牙切齿，刚出大门就破嘴开骂：什么狗屁神算？简直胡说八道！

结果，当月，女人例假该来的时候就没来。十个月后，生了，一个九斤多沉的胖小子！

神吧？

当然，简真人发了。发大了！尽管她没盖洋楼，没买汽车，但几乎地球人都知道，简真人有钱！

简真人收费水涨船高，再不是先前几只鸡鸭能算，两袋子核桃能算，一把酸枣也能算。现在，听说，算一次，至少也得一张老人头！这价儿，忒贵，惹了不少乡里人骂：都是那些狗日的城里人给哄抬的价儿，要不怎么让老百姓算不起卦呢？还叫不叫人活！

于是，有人把气撒在了那些远道而来的汽车车胎上。但出人意料，汽车不怕远征难，它们依然成群结队，来势汹汹。有时候，谁来晚了，还不一定能排上号，为排队打架的事，时有发生。有一次，听说是哪个局的一个副局长跟一个公司的总经理打，还差点出了人命。

单说那一天，一个灰头土脸的年轻人踉跄进村，逢人便打听简真人。遭人戏弄后，天擦黑了，才绕回村里来。此时，简真人屋里正清静，可她却拒不算卦，说："天晚了，不算。"

男人忽然就一把鼻涕一把泪地哭起来，声音很大，像个女人。男人呜咽说，做生意赔了，赔大了，赔得不死不甘心了。他现在就剩下不到五千块钱了，想做最后一搏，就看简真人的卦准不准了！为表诚心，他是专从百里外的西县走来的。

简真人搭起腿来一摇一晃地抽旱烟袋,眼睛眯着盯住男人开了缝的皮鞋说:那好吧,你做的啥生意?看你诚心,我尽力给你算这一卦。

男人一说,简真人就停止了晃动,将烟杆抽得吱吱直响。说完,简真人脸色深沉,照旧摸了算盘,于大腿上刷刷刷一阵拨弹。忽然,停下,说:能成,不过,你还得多孝敬天祖一些,我算完这一卦,必须得休息一个月不能算,大伤元气!男人眼睛亮了,当即说,只要能成,就是孝敬再多我也愿意!男人掏出三张老人头来给了简真人,见她不语,狠狠心又递了三张,简真人说:你既是做生意,凑个整数。男人这下像是中了枪,眼看要仰面栽倒,却没倒,只好又递了三张过去。

男人一走,就是整整半年。半年后回来时,开着高级轿车,一身名牌。男人从怀里掏出一大把老人头来,急吼吼地对简真人说:您还认识我吗?简真人说:不管是谁,都得排号!男人说:"我马上就走,不算卦,我是专程来感谢您的!简真人,我发了!"

简真人真的认出了男人。她支使家里那个脸上开满菊花的男人,到门外边把门关死。然后,简真人就看见眼前这男人扑通一下给自己跪下了!男人又哭了,却是喜极而泣!男人说:我发了,真发了!发大了!简真人,我是来专程感谢您的,我现在有钱了。

有钱就支援你大姨两个花花儿!简真人光脚跳下床将男人扶到床上。男人满口答应:行,小意思!我还有个心愿,不知道真人能不能答应我?男人说:我想认您当干娘!没有您,我早死了,您就是我的再生父母啊!简真人说:去,干儿,把我菜橱里的烟袋掏出来,我冒一袋!

男人一连在家住了一个月,给简真人端了一个月的尿盆。简真人和男人在一个月里商定了一注生意。儿子撑船,娘掌舵,共同投资搞名牌皮鞋。男人说:娘,其实我真的不缺你这点钱,但你一下要那么多,我家里还有老婆,你好歹投一点也算是股东,年底按5∶5分红好了!简真人说,6∶5,你孝敬我的五千块钱家底儿都投进去了,心诚才好发财!

男人笑了,说:行,知恩图报,谁叫您是当娘的呢。说完,便驾着高级轿车,带着他干娘简真人的三十万元投资款,消失在了麻村的羊肠小道上。

酒　事

十年前，也就是我参加工作后的第二年，有一次全局民警开大会，政工科长点到一个人名，人群里突然爆出一阵哄笑，我立即侧身去看，这才认识了老陈。老陈当时并不老，顶多四十挂零。可关于老陈的那些段子，实在让我们这些新警察"惊艳"。

老陈身上的经典，大都与酒有关。

那些年，公安机关没有禁酒令。老陈酒量大，没事喜欢喝两盅。有一次，老陈酒后骑着"撇三"，冒着大雪从派出所往家赶，到了家门口披着雨衣就趴车上睡了。第二天媳妇出门扫雪，发现门前堵着一大堆东西，还以为是老陈终于托人把取暖的炭给买回来了，哪知用扫把一划拉才知道，那堆东西根本就不是炭，而是老陈和他的"撇三"。

另一次是过干警日，派出所与当地群众搞联欢，没有值班任务的老陈喝到天黑没显醉态，而慰问的村干部却都大醉而归。值班同事纳闷，老陈真没事？一会去后院看看，却见老陈正在和一棵梧桐树较劲。

原来老陈找不到厕所，半道上解开腰带方便。之后将拳头粗的梧桐树扎进了腰里，等到完事要走，梧桐寸步不让，老陈边挣边还发了火："谁也别拉别拽！我说不喝就不喝了，再喝就出洋相了……"

老陈最经典的酒事，发生在十二年前的一个冬夜。那天老陈和同事经过几昼夜蹲守，抓住了三个偷牛贼，为群众寻回十多头耕牛。消息传开，大快人心，几个村的群众自发赶来慰问，眼看民警忙完工作月亮都爬上屋脊了，流着热泪非要与老陈他们喝一杯。

那场酒喝的，老陈后来回忆说，直接用上了脸盘。

等到酒终人散，老陈依旧骑着那辆"撇三"往县城赶。可没想到一阵风驰电掣后却迷了路，光在一个转盘处，就折腾了不下二三十趟！

后来老陈干脆将油门加到底，整个人像在风里飞起来，飞着飞着车没有了，路消失了，一切都模糊不清了，仿佛也终于到了家。可等第二天大清早恢复意识时，老陈发现自己仍趴在"撇三"上，而近在咫尺的一块界碑上写着一个令他惊掉大牙的地名：此地离派出所足有一百公里远！而且此时"撇三"的右边"雅座"竟不知下落，刚加满的油箱也早空空如也……

有关这些猛料，多年来我一直半信半疑，直到调入宣传科，到老陈所在的派出所采访，才终于有了证实的机会。

老陈还是那个老陈，除去头发白了，职务、脾气和爱好都没变。不过干起活来，却十足是个粗中有细的人。忙完工作，华灯初上，不值班的老陈硬是把我留下喝两盅，可结果还没等他找到状态，我已被灌趴在地。

半夜醒来，我见老陈正独坐床头抽烟，向他借火，竟吓了他一跳。

抽着烟，俩男人的距离自然缩短。

我打趣老陈，"您那些陈年酒事，到底有几分真假？"

老陈坦白交待，"都是真的，千真万确，就是背景不一样！"

"背景？"我表示疑惑。老陈深吸一口烟，久久不吐，"我这辈子！没文化，没特长，稀里糊涂干了公安这行，可公安是好干的吗？得舍得，得玩命，得豁出去……"

"年轻时家里穷得揭不开锅，别看抓人时腰里别着枪，可出去照样叫人笑话！后来，半夜抓个偷铁的，我跑在最前头，眼看要抓住了，谁想枪走火把人给崩了……再往后，天天泡在这老山窝，娘们改嫁、老人生病、孩子上学，哪一样我都没管好……"

说到这，老陈沉默了。我感到沮丧。眼前的老陈，再也不像个传说，而是充满了失意和窝囊。可我的眼角，分明不知不觉地潮了。

不久，有了禁酒令。再见老陈，依旧打趣："还喝吗？"老陈五十岁的人了，干瘦如柴，脸上褶子一大把，笑起来活像泡开的菊花茶："喝！怎么不喝？下了班照喝，一辈子就这么点爱好啦……"

写这篇东西前，最后一次见老陈正值局里开展民警驻村活动，作为随行记者我跟老陈他们进村走访，可镜头盖还没打开，就有人拦住了去路。我走在后面没搞清状况，却见老陈突然撒腿就跑。

原来，村机井里有洗衣孩子落水！

等我扛着摄像机，一路粗喘着跑到机井边时，一群得了救的女孩却正哭得叫人心碎：老陈他一眨眼工夫托上来仨孩子，自己却沉到水底，没了动静……

一分钟，三分钟，五分钟，等待对不会游泳的人来说残忍至极！终于，识水的增援赶到了，可还没等下水，井中猛得射出一阵气泡，穿着警服的老陈横着浮上来了。

众人七手八脚将老陈扒到岸上，百般抢救无效。我悲恸中举起手中的摄像机，老陈却"哇"地一声，吐出一口浑水来！

——老陈是被水底硬物勾住了腰带，挣脱不了只能拼命喝水，后来实在喝不动了，钩子竟也莫名其妙地松了。

捡回一条命的老陈，瞪着血红的眼珠子盯着摄像机。我一下明白过来，说："老陈啊，太感人了，有什么你就说几句吧！"

老陈听了就像大醉初醒，口鼻喷沫地朝我吼道，"兄弟，咱可是海量啊！"

捎信儿

明子迈出地头，想找个阴凉处歇歇。大华子从远处树下抛过一句话来。

"啥时候回村儿？替我捎个信儿！"

"咋着？"

"你到刘才门口时跟他说声，下午傍黑时我叫翠叶去给他送锄头！"大华子远远举起手中的锄头晃晃说。

翠叶是大华子的新媳妇，水灵得冒泡！明子笑笑，爽快地应了："都老把式了，连锄头也现借！你咋搞的？"

大华子有点烦："坏好几天了，没抽出空来拾掇！"

明子抬头望了望天上雪白的日头，抹把汗，很粗野地骂了声娘就转身往村里去了。大华子不忘朝这边又喊了句："别忘了捎信儿！一定捎到啊！"

明子就势在地垄边拔根稻草，横进嘴里嚼叱着应："放你一万个心吧！不就一把烂锄头吗？"

明子蔫了吧唧往回走，山坡上蹿过一拨拨的光腚孩子，明子忽然眼睛一亮，喊住跑在最前面的一个嚷嚷："秋愣子！那五块钱你啥时候还我？多少天了！"

秋愣子听有人叫，猛一个趔趄摔地上了，嘴一歪："明子哥，我现在没钱，要不我粘知了卖了再还给你？"

明子上去一把扯起秋愣子："还想抵赖？当初咋说的哝？不行，今天非得还钱！我急等着使！"

秋愣子说："那我回家上我姐那儿给你拿去！""不要赖？""耍赖是王八！"

"好！"明子就放秋愣子回村儿了。秋愣子临走，明子又嘱咐他说："我也去粘点知了下酒，你回家见刘才时跟他说声，翠叶晚上给他送锄头去！别忘了！"

秋愣子答应一声，就像蚂蚱似的飞没在草丛中了。

秋愣子一口气奔回村儿里，他姐毛红正在村头小卖部里买红糖，秋愣子对姐撒谎："姐，借我五块钱，我有急事，莲子摔下坡把腿摔坏了，等着钱去医务室治哩！"莲子是毛红小叔子家的孩子，毛红一听就掏出钱来给了秋愣子，让他赶紧回医务室帮忙。

秋愣子对姐说："你别忘了见刘才时跟他说，翠叶晚上上他家。千万别忘了！"

毛红答应了往家里走，路过刘旺盛家门口时，就对正在槐树下纳鞋底的旺盛他老婆说："哎，忘了个事儿呢！翠叶说晚上来刘才家玩呢，刘才家那口子不在家是吧？呵呵，一定你跟刘才说声，叫他务必在家等着啊！"

刘才是旺盛老婆的大伯头子，素来关系暧昧，她一听连忙问："翠叶来家做啥？还晚上来？不知道他老婆柳眉比母狼还凶吗！"

毛红就很有深意地笑了，笑完了就扭着腚得意地走了。

刘旺盛老婆就一边纳闷儿一边寻思，正巧见男人推着木车子家来了，就说："你说这叫什么事儿啊？翠叶这死妮子非趁嫂子不在家叫哥哥晚上在家等着她来！"

刘旺盛过去追求过翠叶，听完娘儿们的话劈头盖脸就熊："他俩人的关系我早就看出来了！没个数！""你去跟你哥说，我不捎这个信儿。""你听谁说的？""秋愣子他姐啊！""哦，毛红？她平时不扒瞎话，假不了！"

刘旺盛吃了顿迟到的午饭，刚一出门就遇见了刘才媳妇柳眉，刘旺盛问："你晚上不在家？"柳眉说："准备上栓子家串门去，有事儿啊？"

刘旺盛考虑再三还是和柳眉摊了牌："人家叫我给大哥捎个信儿！你千万别声张，也别生气啊，要不我不和你说了！""啥事你说！我生啥气啊？""说是晚上等你走了，刘才叫翠叶在河边子上约会，你说那么晚了俩人呆在一块儿能办啥事？！""啊？！真的？"柳眉愣住了，眼泪也扑簌簌地往地下砸，细牙咬着薄薄的嘴唇骂："这个不要脸的骚狐狸精！我偏不中她的计！要是叫我逮住她，我非扒了她的皮不行！"

柳眉恨恨地走了。晚上，她就注意留心刘才的举动。刘才照例要去菜园那头的柱子家打牌的，一出门就叫柳眉跟上了。

柳眉夜里不熟悉地形，刚进菜园就扑通跌进了粪池，浑身恶臭闻不得，眼睁睁地看着刘才甩下她，消失在了前方小树林的夜色里。

柳眉回家越想越气，越想越窝囊，浑身恶臭直想恶心，又想两口子混了大半辈子好不容易还清账，日子开始舒坦了，男人竟然这样花心！柳眉一急一乍，居然就在房梁上悬了腰带，吐了舌头！

刘才夜里不早才朦朦胧胧回家，打开门一见柳眉死尸高悬，居然连惊带吓地疯了！

第二天，公安局来调查柳眉死因时，第一个先传讯了翠叶。

翠叶说："吃过晚饭天一傍黑我就去了刘才家不假，但他家没人，没亮灯，我就把锄头扔进他们家院子里了。"

另一间屋子里，大华子说的也一样："我和翠叶一起去刘才家还锄头，他家没人，我们把锄头扔进院儿里了！怪了，白天我还让明子给他捎信儿叫他等着……"

多大点事

事儿不大，丢了只猫。

两口子满村找，当娘的直蹦高。

猫是只狸猫，是娘整天揣在怀里的伴儿。没了它，睡不着觉。

娘就指着对门王槐的屋脊哭，我眼看它蹿进去了，怎么就是找不着？你们要是孝顺，就去给我问问！

儿子王树要去，被媳妇芦苇横腰拦住。咱可不去！猫是不是他藏了咱又没证据，你不知道那人脾气？王树越想越气，只得半夜里揣把斧子，将王槐果园里一棵七年生的苹果树砍歪了。

王槐脾气在麻村是出了名的不叫人喜，赛过炮仗，一点就着。四十多岁娶了个瘸子，多亏几棵苹果树维持生计。树倒了，能不挣命？可几天过去，王树没见王槐"发疯"，倒是眼见瘸子拽回大抱的苹果树枝来烧火做饭。

不久，王树就听说村西头王柳家的果树被人砍倒了五棵，连树枝都没剩下。王树两口子心里雪亮，但都没吱声。

一星期后，王椿的苹果树就倒了七棵，王桐的歪了十棵，王松丢了五棵，王杨损失最大，一下子少了二十棵！二十棵是个啥概念啊？在靠种果树糊口的麻村好比塌天大祸！王杨的娘们春喜一时想不开，竟自个儿躲进柴房灌了农药。

· 062 ·

村子一下陷入了悲痛和惶恐，但果树被毁的灾风却越演越烈。有个叫王桦的，被人砍了三棵果树，和老婆左思右想，推断是王椴干的！可王桦并没去王椴家报复，而是一连砍翻了跟王椴有仇的王杆家的十棵果树！一来二去，全村彻底乱了套，果树嗖嗖见少。最后，连王树家的三十五棵苹果树，也被什么人一晚上砍了个精光！

有人开始日夜看护果园，可事态早已无法控制。一天夜里，守园的王桕刚想熄灯睡觉，果园里就冲进来一伙五大三粗用毛巾遮脸的壮汉，他们公然当着王桕的面呼哧呼哧砍树，不消一袋烟工夫，就将六十五棵苹果树全都放趴了窝。

王桕瞪着血红的眼珠子想抓住个人问问，自己究竟跟这些人有啥仇？不料有人抬脚就将他踹翻，吼了声"谁也别想活！"就撒腿蹿了。王桕被踹得老眼昏花，觉得那人像极了屋后的王桑，可他又不敢确定。

全村最后还剩果树的是王柏家，他最后的五棵苹果树是他自己动手砍烂的。

那个日光雪白的晌午，王柏边砍树还边对自己老婆羽花狂吼：操，自己的树还是趁早自己砍了划算！

就这样，麻村远近闻名的花果山变成了臭名远扬的和尚头。

村里狗撕猫咬的治安案件也频频高发挤成了堆儿。不知哪个报了警，村人竟又起哄呼啦啦围住了公路，将警车掀了个四脚朝天！

县里大惊，立刻派人整理瘫痪的村班子。麻村人毁了果树，参政意识也严重不足了，愣是没人愿意出头！又派工作组，还是白费。村民穷疯了，觉悟也没了，啥都不配合了。

于是麻村人外出打工，男的干建筑、搞维修，女的当保姆、做小姐。村子一下空了。

这年夏天，王树在建筑工地上被倒塌的墙头活活砸死，当娘的知道了一口气没上来就过去了。芦苇某天赶集回来，见村人叫着喊着都往村尾跑，她也跟着跑到机井边，却眼见儿子小宝肿得像块面包浮出了水面。芦苇死去活来好些回，改嫁给了本村一个鳏夫。

鳏夫再娶媳妇，恣儿得整天合不拢嘴，带着芦苇到处串远门。临回家时，芦苇随手将带回的几棵樱桃苗插进地里，从此不管不顾，也再没见人破坏。几年间十几棵树蓬蓬隆隆起来，竟结满了压弯枝头的乌克兰大樱桃。由于品种稀罕，芦苇家赶了几趟县城集就收入近万元！

村人原本可怜芦苇，这下开始眼红，巴结芦苇。芦苇干脆和男人贩起了樱桃树苗子。芦苇家发了，麻村人也有了新盼头。

打工的回来了，保姆们辞职了，小姐们洗手了。麻村人靠着以前的种树经验种樱桃，密密麻麻的树林又起来了，哪家哪户有个小仇小恨小摩擦的也不再糟蹋树了。几年扑扑棱棱下来，竟在全县开创了一个农业产业化调整致富的新典型！

芦苇男人就当上了村长，还平生头一回地穿上了西装！那天两口子要拾掇拾掇去城里补张结婚照。等芦苇化好了妆问男人：好看不好看？男人撇撇嘴说：能不好看？脸画得跟只大狸猫似的！

芦苇当场就呆住了，气得直吐。她就像是忽然想起了什么一样，扯起哑嗓子死命吼着男人的名字：王槐！你再敢给我胡说八道，小心我撕烂你的狗嘴！

王槐天大冤枉似的问：说你像猫咋的了？多大点事！

绝 活

在局里，我们这些写材料、搞宣传的常被比做偶像派，而那些干抓捕、搞审讯的则属于实力派。

冷教就是这实力派中的实力派。

冷教姓冷，现任刑侦大队教导员。一米八五的身高，虎背熊腰的身板，超强精准的枪法，非比寻常的胆识，天生就是干刑警的料！

冷教自打穿上警服那天，就在刑警队摸爬滚打，一晃三十年过去，抓人破案无数，积累的经验像浓稠的蜂蜜一样让年轻后生垂涎三尺。

关于冷教侦破的大案实在太多，这里按下不表，倒是有件小事值得说来听听：

那是个滴水成冰的冬天，冷教下了班站在大队门口等车。因为刑警楼紧靠中心路，街上车水马龙人来人往，冷教正两手叉腰悠闲地左顾右盼，突听近处一阵急刹车声，一个青年连人带车摔翻在路边。

冷教几步上前扶起青年，青年却早已吓得脸色发紫，嘴中求饶似的大喊："冷叔，俺再也不敢偷车了，求求您放俺一马！"

冷教一听，心中暗喜，再看歪倒在地的摩托车，果然没插钥匙，于是像拎小鸡一样将青年抓回了刑警队，不费吹灰之力破获盗窃案件多起，缴回赃车十余辆。

后来，该青年受审时交待，他有不少大哥兄弟先前都被冷教抓过，偌大个县城，特别是他们那条道上的流氓痞子，几乎无人不知冷教的名字，无人逃得过冷教的抓捕。他年龄轻、胆子小、刚出道，当时做了案正心虚，路过刑警队门前偏巧又发现冷教在看自己，不禁浑身乱抖手脚失控，一个趔趄连人带车摔了个四仰八叉！

事后，同事们打趣冷教：以后别坐办公室了，天天站在刑警队门口守株待兔就不愁破不了案。冷教听了不屑一顾，说这事不怨那兔崽子没长眼，怪只怪我自己长得丑，出来一站就能吓唬人！

说到长相，冷教的确个性！冷教浑身粗枝大叶，头大脸宽，高耳长腮，眉毛粗斜，唯独一双眼睛虽小但盯人时常常暴射精光，让人不寒而栗。可谓赛得关公，却又比关公冷上三分。常人即使是同事，也最难见他一笑。

有人说，这都是冷教长期干刑警落下的"病"。别说是坏人就是好人让他盯一会儿，心里都冷飕飕得发毛！

其实说到"冷"，冷教长相还在其次，更冷的是他的脾气。

冷教行事向来雷厉风行、快人快语，最恨打官腔、摆架子、搞务虚，尤其对屡不开窍的后生更是接近于刻薄，甚至不近人情。

有一次省市两级高层领导前来视察，冷教作为破案统帅高度重视，亲自和内勤忙活了一天一夜，把材料准备得精致妥当。不料领导当日姗姗来迟，一不看案卷，二不听汇报，却围着警队厨房、浴室、厕所转了一圈，坐上车就直奔了酒店。

冷教心中郁闷，饭局上杯筹交错，又听领导对警队厕所的卫生表达了遗憾，起因是领导去厕所时扶了一下墙壁，而发现墙缝里有蜘蛛网。轮到冷教敬酒时，有人劝冷教把酒干了，让领导随意。哪知冷教接过话茬说，"厕所才是随意的地方，我们干刑警的一忙起来经常连想随意都得憋着！大家多包涵，我这人没文化，还真不知道打扫厕所卫生跟提着脑袋破案有啥关系！"

一家人全都呆愣当场。

像这样的事，冷教身上多了去了。或许正因如此，冷教的仕途并不顺利。所幸冷教并不看重，对他而言，破起大案跟升官发财，他会毫不犹豫地选择前者。

用冷教的话说，破大案、抓逃犯，才能让一个刑警感到过瘾！冷教这些看似不近人情的"冷言冷语"和"冷面无私"，却也常常赢得了不少年轻民警的赞叹和崇拜！

冷教毕竟年龄大了，最近一次调整分工时，领导有意让他常驻郊区训练基地，说过去既可督促基建进度，也可顺便调养生息，是一种政治待遇。冷教破例笑笑，卷起值班时用的铺盖卷就去了。

可去了，接着又回来了。

县城新发一起特大绑架案，冷教着急上火主动请命，领导无奈只得答应。冷教一出，果然不同，他带人深入车站、KTV等人群密集场所，靠着众多眼线深挖线索，很快使案子水落石出，准确锁定了嫌疑人。

抓捕在一个午后展开，民警赶到时，狡猾的嫌疑人预感不好，一哄而散逃进了干涸的河床。冷教跳下车赤手空拳追在最前方，眼见对方越逃越远，突然急中生智咬牙大吼："再跑我就开枪毙了你们！"说完分别朝着不同方向，用口舌连弹四声："啪"、"啪"、"啪"、"啪"……

说来神奇，四声舌弹在空阔的河床里听来直赛枪响！逃向四方的歹徒闻声相继抱头，一骨碌跌趴在地上。民警随即一拥而上，轻而易举就收拾了这帮虾兵蟹将。

——这个抓捕过程是不是太离奇了？根本就不适合在新闻报道里渲染。所以，我只能把它如实写进了小说。

时到如今我还想说，老天，那一刻，冷教真"冷"！

乡村凉拌

撒一把围棋子在黄土地上什么样，那群在腊月河滩里啃食枯草的羊只就什么样。

它们低着头，近看像泥塑。三三两两，围住那个驼背老头。

老头头顶旧毡帽，两鬓如霜雪染，静坐如一块礁石。忽然一挥手，牛皮鞭子"啪啪"地一响，空气里便鼓荡起干草与羊粪的清香。

这定是你在乡间腊月，时常能见到的画面。是不是像山野菜？带给你一种久违的清鲜——

让我们再加把葱花。于是，两个女孩翩然出现。她们一高一矮，一红一绿，背冲圆滚滚的夕阳追逐嬉戏。忽然，就悄然伫立，像两株娇嫩的麦芽儿，用鲜白小手偷捡了石子，远远掷向背对的老头。

老头转过身，见她们喳喳地跑散，满脸褶子"哗啦"一下，花儿般开绽！

再来头蒜。

让那个灰头土脸的男孩，像匹野马冲进我们的视线。他一出场，就尘嚣飞扬、嘶声震天，搅乱了整个河滩。他用厚厚的棉鞋底儿，"嘣嘣"地跺着冰面，急得那放羊老头挥舞着牛皮鞭，橐橐向这边飞赶！

撒把芝麻粉。

她们俩，从小一起长大，好比邻里的姊妹花；他是老汉的独孙苗儿，出了名的天不怕地不怕!

三只不安分的小羊，日夜蹦跶在驼背老头的身旁。

他们过家家。他做爹，姐做娘，妹妹当闺女。采来藜蒿蕨菜鱼腥草，花椒薄荷马齿苋，将小家日子过得红红火火。

他们在冬闲的麦场里疯跑，在悬冰的屋檐下蹦高，钻进秫秸垛里睡觉，爬上光杆柿树掏雀儿；时常在一个天井里吃饭，一个火炕上通腿儿，藏在破败的墙头下、缩进屋后的小树林里嘻嘻笑笑闹闹偷偷地亲嘴巴……"

他们像地垄里的玉米，嗖嗖地拔节。

该倒醋了。

他和姐姐高出妹妹两年级，一个班学习，关系越来越密。渐渐，他和姐姐形影不离，直到考去乡里念初中，两人私下里发誓：一定要发奋考上大学，将来结婚成个家！

搀点香油。

于是，整个村上下都知道，他和姐姐不但功课好，而且郎才女貌，早晚是一家。妹妹每回见着他们，更是大老远用手指刮鼻尖羞他俩：

"小两口儿，不害臊，

起大早，睡大觉！"

姐姐立时羞得狠命去追，他则快步如飞先跑出十几里路，悄悄躲进玉米地，专等姐姐路过时唬她一跳！

她就再攒了拳头追他，他就在玉米地里奔蹿。

他们摔倒在地，笑得上气不接下气。随后，就蓦然停下，互相对望，眼神渐渐迷离。

就在两张唇，将要合二为一时，她却忽然睁开了眼，紧紧攥住他的手说：不行！

为啥？他急了。就一下，还不行？

她说：不行就不行！好好念书，我给你留着……"

最后，放盐。

那个高考前夜，窗外电闪雷鸣。他忽然浑身湿透了找到她说：村里捎来信儿，爷爷死在了荞麦田里，他得马上赶回去！

她惊慌失措，一下子哭出来：你快去快回！我等着你！

他狠狠剜了她一眼，边跑边回头在雨雾里喊：你好好考，我去去就回！

第二天，她发现他根本就没来考试。她一考完就发疯地往回赶，到了村口才听说：原来他失去的不仅是爷爷，而是全家人。

那个雷雨夜，狂风刮倒了高压线，赶羊回来的爷爷被当场电死，之后便是他陆续找来的爹和娘！她求他再去考一次，她等着他！他推开她说：别犯傻！我复读，你先去上！

她哭成了泪人儿，把自己深埋在他胸前。

她考去了北京，暑假回来，却得知他已外出打工，杳无音信。

拿筷子，拌一拌。

她留在了城里。住楼房，开汽车，说普通话。童年早像那片干涸的河滩，很少再有波光潋滟。

有一年，她回老家小住。临走，她忽从车窗里看到两个人。他，和她的邻家妹妹，正并肩挑着粪篓往家赶。

她看见他依然宽厚的光背脊梁，在日头下黝黝的泛亮。她看见妹妹的脸上，分明有满足的笑容荡漾。他们一齐走向她，越来越近。她忽然踩响了油门。

CD机里，就有山歌开始流溢：

"叫一声哥哥哎，你走得慢一点，妹妹还在山这边，

叫一声哥哥哎，你等一等俺，

妹妹累了，走不多远……"

哦，差点忘了加芥末——

她的眼泪刷地就下来了。

一九八五年的蓖麻

一九八五年浓夏，我六岁，正是无恶不作的年龄。

我们住的机械厂小家属院儿里，从北往南数第三排巷子最东头是李老奶奶家。李老奶奶其实年纪并不大，却一连死掉了三个儿子。老大是得了不治之症；老二在自卫反击战中牺牲；老三则是正走着，被突然从天而降的石板活活砸死了。

噩耗使李老奶奶过早花白了头发，额间皱褶像怒放的秋菊花。多少年以后，我在报纸上见过一幅获奖的摄影作品，内容是一位老妪的脸部特写，取名为"沧桑"。我当时真以为那片中的人物就是李老奶奶，可惜我错了。我发现原来这个世界上，与李老奶奶有着相同面目的老人，其实还大有人在。

李老奶奶只剩下一个年龄比我稍大的四儿子牢巴，天天半步不离地跟着她。"牢巴"的意思就是乡人所说的"结实、稳妥"，我是很多年后才忽然明白牢巴为何被李老奶奶叫作牢巴的。

牢巴不被送去上学，极少说话，脸长而尖，头脑歪斜，嘴边永远挂着涎水，显然有些傻。没人愿意搭理牢巴，却都很嫉妒他。因为牢巴是小院里第一个吃上烧鸡的孩子。那个下午，牢巴一个人撕扯着李老奶奶刚从卖烧鸡的秃头手里接过来的热气腾腾的烧鸡，当着我们面，毫不嘴下留情地吃掉了那只油花四冒的烧鸡。

我们从此恨透了牢巴。

李老奶奶对"死"极其敏感，恨到极致，嘴里便整日离不开"死"字了：什么吃了老鼠药会死，吃了土坷垃会死，喝林子里的那汪臭水会死，偷掏屋檐下的鸟蛋吃会死，摘了夏天的蓖麻子吃也会死……大人们听了摇头一笑，我们却听得一愣一愣。可我们毕竟还小，时间一长，就质疑起那些奇怪的死亡警告了。李老奶奶门前就种了一大片蓖麻。葱葱郁郁，蓬蓬隆隆。站在蓖麻的阴凉下，我们上下左右地打量。吃蓖麻真会死人？那干吗要种呢？即使不是李老奶奶种的，她怎么不铲掉呢？

作为早熟的孩子头，我毅然决定：去吃蓖麻，看看到底会不会死！

伙伴们在惊叹之余崇拜地望着我。在那个有着金色夕阳笼罩下的傍晚，在鸟群不安的啾鸣声中，我毅然摘掉李老奶奶门前的一颗蓖麻籽，英勇就义似的吞了下去。

我静静躺在蓖麻树下，等待死神的降临。那一刻，我忽然确信自己要死了，躺在坚硬的土地上瑟瑟发抖。我对着伙伴们说了一声："我死了！"就闭上了双眼。

伙伴们一哄而散。

很快，就有伙伴在远处跳着脚喊："东子死了！东子死了！"

很快，我身侧就聚满了人。我甚至觉得单薄的眼帘一下变得沉甸甸的，上面压满了人影。

"爸，东子可能吃蓖麻毒死了……""这孩子一动不动，脸色窘白，怕是死半天了……""咳？吃蓖麻怎么死了人呢！""别上前啊，他家里来了，不好交代……"

我听见李老奶奶也出来了，她嘴里嘟囔着"那嘛米那米宫"之类的话，而紧跟在她后面的就是牢巴。

我将眼睛睁开一条小缝，想站起来溜掉，可一时腿脚发麻，根本不能动弹。只盼望父母快来，看他们是不是也着急？

很久，父母都没来。我越来越怕，越来越怕，积攒起全身力量，忽然直挺挺地坐起来！

周围人吓得轰地一散，我趁机爬起来蹿了。

我以为这事就这么完了。"怎么样？"我对伙伴们骄傲地说，"我没死！"

可我无论如何也没想到：

一周后，牢巴死了。

牢巴是先吃了蓖麻籽，后觉得没什么意思，又吃了老鼠药死的。原本在牢巴的意识里，那些一直曾被奉为真理的死亡警告被打破了，牢巴目睹了我那天的死亡游戏后，就天真地认为李老奶奶的话全都是假的，而且一旦尝试都很好玩，至少可以赢得盲从和惊诧。牢巴家里只有蓖麻和老鼠药。于是牢巴都试了。

牢巴死了。

牢巴死了。李老奶奶却活了下来，至今没有离开这个世界。但我从牢巴猝死、挨了父亲一顿痛彻骨髓的皮带后就再也没有见过李老奶奶。

搬家后的多年里，我一直回避再去那个童年小院儿。

我不知道李老奶奶和那蓬据说一直还在的蓖麻，现在，又是何等光景了。

一秒钟的爱情

晚了。太迟了。

还未进门,他就听见筒花爆碎的声音。沸腾的喧闹席卷而来。

他心一沉。接着,就看到了她。她穿一件蓝白相间的毛衣,茂密的黑发上扎一只煞蓝的蝴蝶结。身材像婀娜的仙子。虽然面貌并不完美,但聪慧、可爱,是他喜欢的那种。

他几乎一眼认出,那就是她。

男友将她紧紧拥住,而在她怀里是怒放的玫瑰花。

晚了。太迟了。

一秒钟前,精彩极啦!朋友跟他诉说着当时的情景。而他与她极快地对视一眼,旋即离去。

他们是在网上认识的。过程毫无新意。他是东北来此经商的异域漂泊者,她是南国深夜踯躅在音乐里的孤寂魂灵。他们渐渐开始信任、依赖。也曾相约见面。但大抵因这样那样的事情错过。

谁身边没有抹不开的琐事呢?况且,若是网恋,多么恶俗。

本来那次聚会,他是打算准时到的。可是,一点点意外阻隔了他。

他很快就接到了她的E-mail,她感觉同样精准。她也认出了他。她的信很短,但可以看出,她并不快乐,甚至情绪低落,推荐他听的大都是低沉的曲子。

他不再登陆QQ。为自己的失魂落魄感到好笑。本想彻底忘掉这一切，却又禁不住在工作间隙，一次次地刷新邮箱。终于，他还是忍不住回信给她，却忽然感到了巨大的酸楚。

　　他要约她见面，去那座城市边缘的咖啡厅。他们像老朋友一样相互对坐，绝少说话，默默对视，却都感到放松和惬意。其实，无论是她红肿的眼睛还是抽动的嘴角，都生生撕扯着他的内心。

　　他送她上的士。夜色已浓，忽又不忍。遂上去坐在她一侧。她似乎很困，不觉就依着他的肩头睡去。颠簸中，醒了，连忙说着对不起。可是转而，再次同样沉沉睡去。

　　他侧身盯看着她苍白的脸，疲惫的双眼和柔顺的长发，心里涌现出无限温情。

　　快到家时，她醒了。车继续开，她忽然说：前面站在楼下的人好像是我男朋友。他忽然就慌了，想躲下去，像做了什么见不得人的事情。见她下车，忙催司机快走！生怕自己被看到。

　　可是，这真太荒谬了。自己错在哪儿？害怕什么呢？难道是不喜欢她？想到这儿，他大声叫司机转头，恨不能马上生出翅膀飞回到她身边去！

　　车还没有停稳，他便跳下。一把抱住了她，吻她，亲口一遍遍地告诉她：我爱你，我要你嫁给我……

　　这次以后很久她都在想：要是那天站在楼下的那个人真是男友就好了。那样会省却多少麻烦！那样的结局岂不是还好？可那个人不是。

　　她陷入了慌乱。对男友实在无法启齿，男友拼命追了她多少时日，她才肯在那个混乱的聚会上莫名其妙地接受了花束？而她又万万不能拒绝他，因为她知道自己已经深深、深深地离不开他。原来在三角恋当中，最感痛苦的竟是中间那个啊。

　　他一直都在等。好多次都想问她，还犹豫什么呢？到我这里来，我多么爱你！可他说不出口，他认为这理应是一场公平的竞争。

　　他希望她能很快回答他，同时又不想很快知道答案。如果她选择的是他，那就是说，是他亲手拆散了一对情侣？而如果她选择的是男友，那自己是否能够接受？他爱她爱得几乎要发狂。

不久，公司派他出趟远差。他极不想去，但必须去。临走他与她约好一定要常发短信，常打电话，常常彼此思念。可是一旦出去，他就在时时怀疑她是否常跟男友在一起？是否已放弃了选择？而她在遥远的异地频繁地发送着短信，孤单的思念像天边的云翳飘来荡去。他不在的日子，她忽然变得那么娇气、脆弱和任性，泪水流淌得无声无息……

后来的后来，她还是选择了与男友分手。男友感觉很惭愧，想不到在一次次争吵过后，这一次她居然彻底放弃了努力。在她心里也有愧欠，但终于能够坦然。原来在这场痛苦的恋爱当中，受伤最轻的反而是这个始终真相不明的人。

那时候，他早已离开了南方。其实，是他先跟她提出的分手。就是那次出差回来，他忽然下定了决心。在下飞机前打电话给她。她在电话那头一直哭，一直哭。他宁愿这样，也不想再让彼此深受折磨。

这是一个听来的故事。下笔前我在想，如果当初让他早一秒钟走进房间，事情又会是什么样子？

手 套

  天气一天冷过一天。风刮得猛，路上这里、那里，结起薄薄的冰。
  局里关心我们，周五临下班前，忽然让各科室内勤去装备科领手套。小刘放下电话，依个儿审视了我们因幸福而变得绛紫的笑脸，然后忽然显出一副严肃面孔说："县局在电话里说了，这副好手套可是在执行任务时，为着装整齐才戴的，千万不能丢失，丢了不补！"
  我们听了很是兴奋，催着小刘赶紧去领。可小刘却不慌不急往门外走，临到门口忽又低下头擦拭起她那双崭新的高跟鞋来，好大一会儿还蹲在那里。简直就是"公报私仇"，吊足了我们的胃口！
  手套终于到手了。
  果然是上好的布料。纯黑色尼龙棉手套，内里全棉，设计精巧，外观秀气灵活，内部温暖舒适，正好是应对这鬼天气来的！
  不管它，先戴上尝个新鲜。我留心观察一下，包括队长、小刘他们不也都戴上了？我笑笑，跷腿跨上摩托，将手指神气地插进黑色手套，舒服的手指猛加油门，再次寻到风驰电掣的感觉！
  不几天，我们大院里就都戴上了这双新手套。与此同时，我发现，小黄的手里尽管也戴着手套，但经常总是一只。他刚调来单位，年龄和我相仿，相互是对最知心的好兄弟。我有点纳闷忧虑，这才戴了几天，就丢一只，也太松包了！这天，这时节，恐怕是要马上组织严打行动了。

果然没几天，单位突然下令紧急集合，倒不是真搞抓捕，而是战时演习。上级要求我们着装整齐，在武警中队操场比武竞赛。要我们按照预定科目军体大比武。忽然，小黄凑到我脸前耳语道："兄弟，过会儿借你只手套用用！记住！左手的！"声音很小，我完全可以装作没听见。其实也来不及多想了，马上就轮到我这一队列上场，热血早已涌遍全身。

演习完动作，小黄的话又在我耳边响起来。可不知为什么，我不太想理他，都什么时候了？还戴着一只手套出来训练！当初领导要求那么严格，不让弄丢了，他还那么粗心大意。再说这是正式竞赛，没有特殊理由我也不能乱出队列。可转念又一想，小黄是我的好兄弟啊，我们还是一队的，要是因为这个失了分数就给全队丢人了！我左右犹豫时，看见小黄站在对面的队伍里急得满头热汗——随着一声哨响，他们那列的演习也开始了。

演习一结束，果不其然，小黄遭到了队长极其严厉的一次批评。本来小黄刚调来，是个表现多好的小伙儿啊！可是这次全砸了。

我内心也一连内疚了好几天。可小黄依然对我很好。我想，毕竟也不是我的什么过错，一切很快就会过去的。

本来事情到这里也就该结束了。可那天清晨我绕道晨练时，破例在早市上买了把芹菜。

那菜真好，滴着大颗大颗的露珠，水灵鲜嫩。奇怪的是，卖菜姑娘一定要我帮她压住秤杆才肯称菜，原来她竟没有右手！可想她一个人卖早菜多难！我热心地帮她，盯着她忙碌的身影、微笑的脸庞，心里登时暖洋洋的。

猛地，我看见了那只手套，那只纯黑色的尼龙棉手套！它已变得斑斑点点，不好确认。但我还是恍然明白了什么。"你丈夫在哪儿工作？"

她理理云鬓笑着："不远，就在公安局……他人很好……你认识吗？他叫……"

爱恨同眠

父亲的死，对戴暄来说，简直是场塌天大祸。

那年冬天，他才十四岁。突然就被人从课堂上拉走，去医院见父亲的最后一面。

父亲五官模糊，满脸血污，正躺在冰冷的手术台上，肢体已经僵硬。戴暄完全懵了，望着哭得死去活来的母亲，感觉就像在做梦。他一动不动地望着眼前这一切，突然一转身，狠狠跑掉了。

直到父亲下葬，戴暄都没有流下一滴眼泪。

他来不及。他还有太多太多的话想对父亲说。可是，已经永远没有机会了。那个轧死父亲的男人名叫司长勇，是县柴油机厂的大货司机。从此以后，戴暄深深记住了这个名字。

他把这个名字，深深刻在墙角、地面、石碑、树干，以及所有他能默默发呆的地方。

他目光日渐黯然，成绩一落千丈。放学后再也不四处游逛，而是把自己一个人关进屋子里，忘我地玩一种投掷飞镖的游戏。

在那个塑料镖靶中心，有一个名字很快变得千疮百孔。

后来，戴暄只勉强考取了一所技术中专。毕业后，径直去了对口的县柴油机厂。这样，戴暄和司长勇就成了同事。

事情过去了好几年，知道内幕的人已经不多。但戴暄和司长勇内心里却永远有着隔膜。司长勇竭力回避与戴暄打交道，而戴暄却常故意创造机会与司长勇发生接触。

戴暄发现，因为当年的事故，司长勇早已不再开车，快五十岁的时候死了老伴，一个人干着全厂又脏又累的装卸。

可戴暄丝毫不感到宽慰，一想起惨死的父亲，他仍觉得气血翻涌。

戴暄还发现，司长勇极少参加酒场。即使参加，也总是沉默寡言，滴酒不沾。

每当这时，戴暄总会让自己喝得酩酊大醉，一边回忆着父亲的音容，一边用血红的眼睛瞪着身边那个当年酒后杀人的凶手。

两个人的较量，犹如黑暗中的潮汐，永无消停。

再后来厂子效益不行了，产品积压过剩发不出工资来。同城一家机械厂前来挖人，戴暄凭技术是能跳走的，可他临行前突然放弃了。他忽然想到，如果他走了，司长勇岂不可以长舒一口气了？

接着，是已经走出阴霾的母亲劝慰戴暄：把你父亲的事放下吧？你也该找个人过日子了。

戴暄听后冷冷地望着母亲，说：你要嫁人就嫁，别不尊重我爸爸！

母亲无言以对，反复地叹气。不久，就嫁给了一个厨师。戴暄对此并不反对，但是一次都没有迈进过那个新家。

其实有人正暗恋着戴暄，一个名叫申玫的女同事对他就格外好。他工作时眼睛发干，她塞给他两支眼药水；一听出他感冒，她半夜跑出去给他买药；他来不及吃早饭，她早已为他准备好了饼干……

戴暄感到无所适从。十多年来，在他内心深处，除了惨死的父亲，就只有那个肇事的凶手！然而，他又发现这是个自幼失去父母，纯善而又孱弱的姑娘，一股柔情不禁油然而生。他忽然觉得母亲说得很对，是该找个人过日子了。只不过，他绝不可能忘记父亲！

一天夜里，戴暄下班，正遇上一伙流氓调戏妇女。戴暄血气上涌冲上去，混战中竟打跑了那些混蛋，只是手臂被刀划破了。女孩感动地搀着他去医院包扎，第二天一早，就找到了厂里。

女孩很漂亮，但戴暄不喜欢。戴暄如实坦白，自己有女朋友。可女孩坚决不放弃，亲自跑去找申玫谈判，并且给戴暄写了一封长长的情书。

戴暄觉得女孩实在无聊，但当他打开那封信时却结结实实地惊呆了。

女孩名叫司艳艳，竟是司长勇的独生女。

戴暄整整一夜没睡。第二天，他开始了与司艳艳的正式约会。一个月后，戴暄把司艳艳变成了真正的女人，并且带着她来到父亲坟旁，讲述了那个十多年前的事故。

司艳艳越听脸色越白，最后一头扎进戴暄的怀里放声大哭！戴暄把司艳艳狠狠推开去，大声怒吼：选我还是选你爸？现在就回答……

司艳艳嫁给戴暄整整半年，就从没见戴暄笑过。

那天戴暄一到家却大笑不止，司艳艳好奇地问，戴暄满嘴酒气地回答：今天是申玫结婚大喜的日子，你知道她嫁给了谁吗？

司艳艳满脸迷惑，她当然不知道，她只是看见戴暄的眼睛里，泪如雨下。

你究竟想什么心事

妻子进门的时候，张三正一个人坐在沙发上抽烟。

妻子匆匆放下坤包，快步走上前来吻一下张三的脸，怎么啦，亲爱的，想心事？

张三吐出一个优雅的烟圈笑笑。没，我能有什么心事？

鬼才信你！那你好好的发什么愣呀？妻子半蹲在张三面前耐心地研究张三的脸。

张三觉得好笑。——自己昨晚不是熬夜看球了嘛，今早睡到快十点钟才起床，肚子不饿，饭也没吃，就想抽支烟呢，妻子提前回家搞起"审问"来了。

你这么早回家干吗？有事你就忙，我抽支烟歇歇。张三懒散地说。

歇歇？妻子忍俊不禁。刚刚起床还没歇够？

妻子轻轻起身坐在了张三身侧，温柔地捏着张三的肩膀。说吧，究竟想什么呢？

张三惊讶地侧过脸来看着妻子。你这是怎么了？

妻子纤细的手指按上了张三的鼻头。好了，好了，跟我还玩什么深沉？我知道我最近只顾忙工作，对你关心不够，你在心里怪我了吧？

张三摇头否认。

难道你在猜疑我对你不忠？做了对不起你的事？

张三愈发觉得好笑，"叭叭"地抽着烟，也不弹弹，烟灰都弯成了一条钩子。要我怎么说你才相信呢，亲爱的？我真的没事，我就是坐着抽支烟！

没事？妻子神秘地笑着。那你干吗不吃我给你扣在桌上的早饭？干吗不打开电视看？你昨天新买的那套爱不释手的《藤泽秀行名局精选》又放在哪儿了呢？还想骗我，你以为你是谁啊？我可是你妻子。我才是全世界最最懂你的人！哼。张三傻了。张三想解释自己不想吃早餐，不想开电视，不想看藤泽秀行。可"不想"能算哪门子理由呢？为什么会"不想"呢？——难道自己真有心事不成？可笑。问题还是没有解决。张三迟钝的脑子越发发蒙了。

为了不冷落妻子关切的眼神，张三还是略带点烦躁地回答，老婆，我没事就是没事，没事不需要理由。你去忙你的好不好？

妻子竟开始怪怪地打量起张三来了，好像张三是个陌生的天外来客。

张三！你从前可不是这样的！你有话从不瞒我，我一直都以为我们之间无话不说，没什么好隐瞒的呢。

张三烦了，求求你老婆，别闹了！你觉得这样有意思吗？我不想再跟你说话了。

你还敢说自己没心事？妻子仿佛捉住了张三的什么把柄，声调陡然高了起来。你明明是有一肚子心事无从发泄还硬要瞒我！你究竟安的什么心哪？我真没想到你这人这么阴险！

阴险？张三将烟蒂狠狠地摁进烟灰缸里，抬了头猛盯妻子，眼神里充满了疑惑、失望、疲惫，甚至恐惧。张三一字一句地问，你提前回来就是为了跟我说这些？

妻子听了拼命地摇头。眼泪迸溅。

看来这个家是过不下去了！妻子话一出口，张三惊得险些从沙发上跌下来。

这叫什么事儿啊？张三的倦意在这一刻彻底消失得无影无踪，可脑袋却像遭受了一记重拳被打晕了。

我早该猜到你另有心事的。妻子哭诉着，这些年来我有多么爱你，可你这样对我公平吗？我也是人！我也需要与人交流、被人理解，有什么事不能坦然地摆到桌面上来谈呢？你从前就开过"离婚试试"的玩笑，难道你早有准备？

张三哭笑不得。他实在记不清自己何时何地开过这样一个玩笑。

说吧，对方是谁？我不是一个脆弱的女人，至少不像你想象中的那么脆弱。张三伸手去摸烟盒，却被妻子抬脚踩住。张三只好哀求说，求求你别闹了，你还想让我说什么？

你究竟想什么心事？妻子斩钉截铁地问道。

没有。真的没有。我拿人格担保我真的没有心事行不行？张三一字一句肯定地回答。

好吧！妻子绝望地闭上了眼睛。谢谢你终于让我看清了你的真实面目，我终于明白我在你心目中是什么地位了！也请你以后别再随便作践自己的人格，我们该结束了！

于是妻子不顾张三强烈地阻挠，疾步跑出了门外。妻子消瘦颤抖的背影让张三悲痛欲绝……

屋内又恢复了平静。张三回到衣架前时无意中发现了妻子忘记带走的坤包。打开，里面赫然放着一张早已签过妻子名字的离婚协议书！

一群鸡

这是一群地地道道的山鸡。

就是散养在山里头，专吃草籽和害虫，有过金色童年的一群鸡。

它们头顶彤红的焰火，颈缠浑黄的围巾儿，身披雪白的绒羽，齐刷刷坐卧于荆条编成的大提篮内，昂首挺胸，就像迎接外国元首的仪仗队，被一辆独轮小车推向城里去。

有人要问，它们就那么老实？

当然，这是一群被老太太捆住了手脚的鸡。

推到大酒店的小厨房里去？

不，赶趟集而已。

老太太年岁一大把了，记性却不差。她一边走，还一边冲提篮里的鸡们嘟囔着："老大、老二呀，就数你俩最听话，走了三里多路，还没见你们摩挲一下眼皮儿，别埋丧脸子啦，孬好我最后让你们走！

"老二、老三和老五，你们忒天生的命贱！交头接耳，叨叨个没完，要是有买主儿，看我不先由着别人选！

"老四和老六，你俩按说年龄还不大，可我急等着使钱，小儿媳妇要下蛋，B超里说了，这回准是个带把儿的！你们不老跟仇人似的吗？现在倒好，一进城，魂儿都吓掉了……"

老太太念念叨叨来到十字路口，突然一辆大卡车从背后猛冲而来！老太太转身稍慢，手一撒把，凭空里就是一阵稀里哗啦。

如果你是老读者，又看过我的小说，准会这么说：这下子可完了！小独轮车被轧趴了，大提篮被压扁了，一群鸡扑扑棱棱，眨眼间就死的死，伤的伤，场面惨不忍睹！只剩下那个老太太，虽说不至于太残忍，但是总得受点小伤害。

这还不算，卡车司机一下车就傻眼了！老太太不正是自己的亲娘吗？光顾着搞买卖，多久没上门了！老太太一见是大儿，本来还挺伤心，这下子气先消了大半。儿见娘没啥事，只是赶趟集卖鸡，脸上立即就有了不屑，几句话后扔下一张大团结，窜了。

这个细节的确有意味，但我不能这样写，老是这样写就对不起读者了，我没打算这样写。

其实大卡车猛冲过来时，老太太只是吓了一跳，她哪里见过这么开车的？慌忙中车把一撒，人和小车都闪倒在了路边，鸡更没啥事，至于那辆凶猛的大卡车，嗖地一下子就驶远了。

老太太稳了稳心神，继续跟鸡们嘟囔着上路。小脚不停，太阳一竿子高时，就来到了县城东郊的集市上。要说这县城的集市就是比村里和乡里的大，大得几乎看不到边儿，人多得瞅着眼晕。

老太太没敢使劲儿往人堆里扎，找个靠路的边角停下，边歇息边卖鸡。可一直等了大半晌，除了几个问价的，一笔买卖也没做成。忽然间，她看见一伙小商贩推车的推车、背麻袋的背麻袋，都向她这边急奔！在他们身后，紧追着一群身穿制服的青年。那架势，很吓人。

这个节骨眼儿上，按惯例你又要猜了：老太太行动迟缓，来不及推车赶紧躲到一边。就见青年们跑上来摁住她的小车大吼："这是谁的？赶紧承认！给你们划出地方来卖你们不听话，软的不吃，吃硬的！"青年一边吼着，其中一个还抓起了老太太的秤杆儿。

老太太被吓得够呛，可无意间抬头一看，竟大着胆儿走上去承认小车是她的！就见那个手抓秤杆儿的青年开始浑身发抖，究竟是气愤还是惊讶谁也难说清。因为他万万没想到站在自己跟前的是亲娘！

也就是说，他是老太太的二儿子。

仅是片刻迟疑，二儿子还是"咔嚓"一声，愤然将秤杆儿从中折断！这时人群里起了嘈杂，二儿子目睹着娘的眼睛里慢慢地溢出泪花。他不敢再看下去了，猛低下头，将一张崭新的大团结塞进鸡翅膀下。

二儿子离去很久，老太太还像是一桩泥雕那样待在原地，只剩下那群鸡瞪着惊恐的小眼四处乱探。

是的，我又要说你猜错了。很对不起，我这篇小说没有这些细节，其实它很平淡。

其实老太太看见那群青年跑过来时，立即就推起小车走掉了，因为她在人群的最外侧，走得急。她只是远远看了一眼那个身穿制服的小青年，脚底下就立即像是生了风一样。

老太太一边往回赶，一边很有些个难过。三儿媳妇马上要生了，可三儿子的刑期还未满，家里需要钱伺候月子。一群鸡一只也没卖掉，她不想让人说是自己舍不得。想着想着，想着想着，她笑了。

什么，笑了？这时候还能笑得出来？你又要问了吧？

是啊，这时候按说她根本笑不出来，可她的的确确是笑了。

因为老太太忽然想起了今天收入的那两百块钱来！

千万别跟我打赌，说那钱不能用。否则，我会把这篇小小说的稿费也押上。

还跟你急。

智 取

夜间巡查，光有好眼力和好体格不行，关键时候得动脑子。

去年一个凌晨，老白他们在县医院附近守候，眼见从里面扭扭歪歪开出一辆面包车，还没等拐到大路上就熄了火。

老白带人摸过去，见车上下来一个壮汉去推车，留个小个儿把着方向盘。

"这么晚了，干什么的？"老白亮明身份问。

"看病的。"小个儿回答。

"跟谁看病？"

"我父亲脑血栓！刚住上院，我回去拿点生活用品……"

这时，车后的壮汉接了个手机，"嗯嗯"了几句挂上，冲小个儿喊："老三，不行我得赶紧回病房！你先叫警察同志帮帮忙……"

说完，扭头就向病房楼跑。

老白想制止，可转念万一耽搁看病就麻烦了，赶紧对几名协勤耳语几句，叫他们跟上去。

老白继续盘问小个儿："车怎么回事？是你的吗？"

"我的！二手车，好熄火，尤其是大冷天……"

"你下来，我帮你瞅瞅。"

小个儿下来，被夹在协勤中间。老白上车，左看右看，车上很干净，没什么工具，且是用钥匙正常启动的，没什么异常。

老白拉开风门，轰几脚油，随后钥匙一扭，车就打着了。老白下了车，脑子却转得飞快："你父亲住几楼几号？需要帮忙我们去看看。"

小个儿连忙摇头说不必，可老白坚持热心到底。

小个儿没法，只好说："那实在太麻烦了，老爷子安排在三楼，具体几病室我还不知道，你们得去找找……"

说完，小个儿挂档要走，老白突然大吼一声："拿下！"

拿下了小个儿，老白用电台问那边情况。那边壮汉没进病房，正给几个协勤敬烟套近乎呢。

老白还是那俩字："拿下！"

俩嫌疑人十二分不服，一个劲儿问怎么了？老白厉声吼道："这地方我天天转，三楼是妇产科，老男人能得妇科病？！"

俩人听完彻底蔫了，乖乖坦白了潜入病房偷盗病人现金和汽车钥匙的经过。这事过了没几天，老白手下一名协勤在分组盘查时，被嫌疑人用剪刀刺成了轻伤。那协勤人年轻，长得帅，还没女朋友，从额头到下颚划开的那道深口子，几乎毁了容。

老白看在眼里，疼在心上，发狠非要抓住那个狗日的。

半小时后，他们发现了嫌疑人踪影，将人一路追进了妇幼保健站。

那是一座五层建筑的旧楼，老白留下两协勤把守，带人从上到下依次展开搜捕。

结果，没有。兄弟们意见一凑：全楼上下，只有妇产科亮着灯，但锁着门没搜，嫌疑人八成就躲在里头！

所有人都跃跃欲试，想来个瓮中捉鳖。可老白说不，马上收队！

大伙儿不解，人不抓了？受伤弟兄的仇不报了？

可命令就是命令。大伙在老白带领下，沮丧地吆喝着："妈的，叫他跑了！撤了！撤了！冻死了……"

两分钟后，全楼上下撤得一干二净。

唯独俩队员发现老白向他们施眼色，并递过来一条拖车绳，俩人心里顿时雪亮。不一会儿，楼上飞快地跑下一个黑影，刚到大门口就扑通一声被绊了个狗啃屎，手中的剪刀甩出去十多米远！

这招"欲擒故纵"，等事后协勤明白过来也没觉得特别高妙。但老白再一解释，却都佩服得直竖大拇指！"嫌疑人手里有剪刀，万一逼急了拿孕妇或新生儿当人质呢？事儿就大了……"

常在河边走，偶尔也失（湿）手。关于智取，老白还有段反面经典。

那段时间，停在县城路边的大货车，轮胎或备胎经常半夜被盗，那可是一条好几千的东西，受害人怨声载道。

一天半夜，老白巡到县城外环，发现几名可疑分子正在一辆大货上忙活，老白立即鸣响警笛，开足马力冲过去，对方上车就逃。

老白将油门踩到底，可无奈对方开的高档轿车，根本就撵不上！老白只能向指挥中心汇报，让派出所火速在沿线布控堵截。

让老白惊掉大牙的是，这不是一帮普通意义上的盗贼。他们刚驶出县城就不跑了，停在一条荒郊小道上，径直跳下五六个壮汉，人手一把凶器，领头的还端着类似关公用过的青龙偃月刀！

老白心说坏了，自己车上才四个人，不但没配枪，就连长点的器械都没有！打是打不过，往回撤？可小路窄得无法调头！硬着头皮上？那不是找死吗！情急中老白狠加油门，越过歹徒，硬是将双方车门都挤扁了才冲出包围圈！

可老白接着又发现，前面竟是条死路！眼看歹徒挥刀杀近，老白干脆和协勤下车就跑，边跑边喊边叫，最后倒是歹徒放弃了追击，从容倒车离去！

铩羽而归的老白事后向领导如实汇报：他们躲在柴禾垛里半夜没出来，幸亏后援全副武装赶到才把他们接回去。

"能不能给巡查队配把枪啊？"老白趁机申请。

领导握拳沉默片刻，继而点点头："你们不硬拼，保住命，智取也算是胜利！"

一九八九年，六月二十三

一九八九年，六月二十三。陶四方一辈子忘不了的时间。

当时高考临近，村里陶四方的小表五叔陶克言为跳龙门，受不了家里乱，天天晚上往陶四方的瓜棚里钻。

陶四方很高兴。其实他比陶克言还大两岁，但一天书没念。小五叔的到来不但打破了看瓜的孤单，而且使他觉得有机会跟文化沾了点边儿。陶四方满心欢喜地端着猎枪，为陶克言放哨站岗。

陶克言与陶四方约法三章：一不能说话，打扰念书；二不能吃瓜，分散精力；三不能喊他，耽误时间。特别是最后一条，陶克言一再强调："不管是谁，谁让你喊我都不行，我谁也不见！死也不见！"陶四方听完努努嘴笑了，说："看你说的，都知道念书是大事，谁还能深更半夜地非来找你不行？你放心，凡是来找你的，不管是人是鬼，是蛇是刺猬，我统统给你赶跑！"

陶四方家的瓜田紧靠路边，以前老丢瓜。陶四方夜里偏偏又老犯困，一到下半夜就往篾席上歪，而瓜往往都是这时候丢的。陶克言一来，陶四方也精神了不少，总是端着他爹那把老猎枪，不停地在地里头转。

一九八九年六月二十三日那天晚上如期而至。那天晚上天像下了火，到处滚热。陶四方浑身就穿一条裤衩，却还是热起了痱子，最后忍无可忍去地里头挑了个大瓜，一掌劈成两半，自己先吃了个大概，尔后端着另一半去给陶克言送。

"克言，快吃块沙瓤西瓜解解渴吧！"陶四方边走边朝瓜棚喊。哪料陶克言毫不客气地吼道："你吃饱了撑的？不是不让吃瓜吗？不长记性！……"

按辈分，陶克言说也说得，可陶四方热脸贴了个冷屁股，又赶上天热，心底也蹿起了火。不过陶四方到底忍住了，毕竟吃西瓜和考大学比，算个屁呀？

陶四方吃了闭门羹，气咻咻回到地里，将手里的半块西瓜一下子撇出老远！然后在瓜蔓里躺下来，胡思乱想。

忽然，陶四方听到紧邻瓜田的池塘里很不正常：以往，池塘蛤蟆怪叫连天，可此时刚一开叫，池塘里就"咚"地一声响！蛤蟆们立即就都哑了。陶四方猛然来了精神，攥着枪，悄悄摸向池塘。

陶四方很快就紧张起来！池塘一侧的芦苇荡里肯定藏着人，而且还可能不止一个。正是那里有人不停地向池塘里扔着石头。这肯定是偷瓜贼在试探瓜田里有没有狗！

想到这里，陶四方牙根都恨得发痒。陶四方的爹前几年就跟偷瓜贼干过！只可惜那帮外地贼人数太多，竟把陶老爹捆起来毒打，最后还当着他的面把瓜田踩得稀巴烂！

陶老爹伤虽好了，但陶四方再也没让他出来看瓜。他为爹手中有枪不开，狠狠吵了一架！

陶四方的后背飕飕地窜凉。他小心翼翼迂回到那片芦苇荡，不敢贸然进入，只凭空大喊一声："狗贼，滚出来！"喊声未落，陶四方只觉眼前一花，一条黑影已"唰"地一声迎面擦过，向着瓜田深处急逃。

陶四方边追边喊："停下！快停下！我开枪了！"对方越跑越快，似乎还边回过头来看，这时候陶四方手里的枪响了。

等陶四方气喘吁吁奔到前面，发现扑倒在地的人刚刚把脸转过来。不是什么外地人，是个女人！是村里的韩明艳！俊秀的韩明艳一只右眼被打成了血窟窿，汩汩地向外喷血。

陶四方转头就向瓜棚狼一样地嚎开了。

陶克言闻声跑出来,只看了地上的韩明艳一眼,就昏死当场……

事后,陶四方重新回到瓜棚时才发现:陶克言丢下的书本里,密密麻麻画满了一个人。这个人的双眼活像两汪清泉。

他一下子醒转:原来韩明艳暗地里打蛤蟆,是帮助陶克言念书哇!

多年以后,陶四方仍觉得一九八九年六月二十三日那夜的惊心动魄。但一直打着光棍儿的他,早已不害怕再碰到陶克言和韩明艳了。虽然陶克言每次见面都骂他"瞎了眼"和"雷劈的",骂他毁了一个大学生外加老婆韩明艳的一只眼。但是骂完了,三个人还能坐到一张桌子上去喝酒。

喝着喝着,陶四方就高了,就大着舌头冲着韩明艳唱:"你打蛤蟆来(哪个)我打你眼,一女(不寻思)摊了俩好男,半个大学尽够使(你信不),高粱(小)酒再来它二担儿……"唱的是山东梆子。

屋子里地动山摇。韩明艳坏掉的一只眼里都是笑。

亲情传呼

祥子的传呼机坏了,打电话给刘姐。刘姐热心地帮忙给换了一个,而且连号码也给换成了一串吉利数字"1198668"。

但是祥子没用多久,发现一个问题。每天天快要黑严的时候,他总会收到一两个陌生传呼,有时候会是两个不同的人打来,只留言,从不留下联系电话。"你好么?丹丹想你了。爱你的芳";

"还没吃饭吧?我做了你最爱吃的板鸭。芳";

"丹丹今天考了双百呢!我带她去了动物园,还照了相……流泪的芳";

"知道么?我下岗了,孩子寄放在母亲家,我打算去卖围巾丝袜了,跟你商量商量。芳";

"昨天陪丹丹去JUSCO吃饭,钱包给坏人偷了,我又哭了一夜。芳";

"今天是中秋节,小涓生了个大胖儿子,这下丹丹有伴儿了。芳"……

有时候,又是莫名的谴责。

"儿子,你真在深圳吗?快回来啊!";

"又有人上门催欠款了,小芳替你还了一些,你女儿想爹!";

"我身体越来越不中用了,我自己知道!你回来让我看上一眼,我就放心走!"……

祥子觉出了其中的蹊跷,那传呼先前一定是个出门在外、无暇顾家的人的。渐渐，祥子也就习惯了在傍晚时分接收这样的亲情传呼。但祥子越发觉得，这个男人是否太过无情？好像从来不回家，也很少与家人联络。也许是在外包养了情妇！祥子愤愤地想到。

不久，祥子在一次抓捕行动中表现出色而受到市局嘉奖。庆功会上又见刘姐，不等自己发问，刘姐先开口了："祥子，给你的传呼有什么不对劲儿吗？"

"你还说呢，图了一个吉利号码，浪费我多少电池！净收到一些没用的莫名其妙的东西！"

刘姐拍拍祥子的肩膀说："真是抱歉，百密一疏。那传呼号原来是二警区小宋用过的，最近去搞慰问，他妻子忽然提起来，我才想起来是临时给你用了……"

祥子的脸，腾地一下红到了脖根儿。原来是他！宋善勇！

小宋曾是县城二警区的合同制民警，在那次抓捕杀人解尸的罪犯沙峰义时，身中七刀，仍坚持搏斗……

庆功会开完，照例要吃顿会餐的。祥子红着双眼向队长请了假。

他用这次的奖金，买了玩具和水果径直走向善勇的家。

脑子里，不禁又升腾起那个雨夜，抓捕凶犯时的情景……

草径深浅

这是个真实的故事。

他在大山里迷了路。天黑下来，他急得想哭。

下山的路却始终找不到，这可如何是好？难道要留在山上喂了野狼虎豹不成？

他害怕得不得了，他心里惦记的人和事情太多了，他无论如何都想好好活着回去。

他开始后悔一个人单独来爬这么高的山了。暮色苍茫，茫茫林野，哪里才是回家的路呢？

也许是上天特意眷顾？转机竟豁然出现了！

就在他乱走一阵后，眼前奇迹般地浮现出一条下山的草路！他高兴地沿着草路飞跑起来，嘴中还哼起了流行歌曲儿。

不久，他停在一个岔路口处。有两条伸向不同方向的路摆在了他面前，究竟该走哪条路呢？如果走对了，也许很快就能下山回家；如果走错了，恐怕……热汗淋漓的他似乎并没忘记开动脑筋，经过仔细观察，他发现：两条草路的宽窄深浅是不同的。

左边一条，被践踏的次数很多，草呈萎靡干枯状，路宽且深；右边一条则恰恰相反，径途中的草杂乱而又鲜茂。

十分明显，左边的路是有人常走的，右边的路是少有人经过的，要选择他当然选择往左边去!

　　暗夜中能有此发现和判断,他欣喜异常,连自己都有点佩服自己的冷静和沉稳了。于是,他又哼起歌继续一路飞奔。

　　五分钟后,他一脚踏空——"噗"的一声,摔成了一滩肉泥。其实左边路所通往的,仅仅是一处深不可测的悬崖。

柳　笛

春色正浓。会议，在一家景色秀美的度假山庄举行。

女孩们三天前就开始筹备了。从服装、餐具、桌椅、饭菜，到床单、枕巾、洗漱用品、通讯设施。事事精心布置，用尽心思，以迎接那队来访的客人。是个笔会。要来几十名作家。宾馆中有好些位女孩就是读着他们的作品长大的呢！她们个个彤红的脸蛋儿，高挑的身材，统一着装，怀揣心跳，急于一睹那些著名作家的风采。

柳笛最幸运了，就因为平时爱看几本文学读物，就被经理安排在前台，负责来宾咨询和接待。

柳笛简直是在姐妹们艳羡的目光里走向前台的，那感觉，很幸福。

客人们陆续到了。柳笛始终绯红着面颊，轻声回答着问询，摆动起柳枝一样纤柔的腰身将他们款款引进客房。

她见到了长发披肩的男子，衣饰前卫的女士，气宇轩昂的老者，英姿飞扬的少年。他们相互快乐地寒暄，爽朗地微笑，投入地交谈，使山庄空气里也处处弥漫了一股书香墨浓的气味。

柳笛穿梭于会场斟茶倒水，听作家们高谈阔论，那些陌生而又令人肃然起敬的话题，竟让她心里也时时澎湃着激流。

会议间隙，作家们散步、游览、联欢，柳笛则忙着换洗床单，不停奔忙于各个房间。她惊讶地发现，随便哪个作家的床铺上都杂乱地铺排着手机、手提电脑，还有砖头厚的著作。

柳笛痴痴望着，常常陷入了幻想。

柳笛依稀听人说过："写小说的人都是情圣！"柳笛的脸，腾地一下红了。

她想起了这几天梦里常常见到的那个人。

那个她一见钟情的年轻作家。

他健康、英俊，浑身充满阳光，谈吐幽默而风趣，歌声深情又动听。柳笛从登记簿中查到他的名字，原来他就是那个经常在报端挥洒风花雪月的人呀！

怎么办？柳笛的心，好乱。

也许人就是有默契和感应的。那天深夜，楼廊已鲜有行人。年轻作家走出房门，径直来到吧台前说："来一杯红酒好吗？我想喝一杯。"

目光是纯真的、诚挚的，又是深沉的，辉映着莹莹的蓝，波漾着晶晶的亮。

柳笛心中慌乱又幸福。就在她倒酒的时候，忽然又听他压低了声音说："小姐，有句话不知该讲不该讲？"柳笛心中一惊，还未来得及反映，又听他说："通过这几天观察，我发现，你是这座山庄里最美丽的女孩……"

说完他将手中红酒一倾而尽，冲极度紧张的柳笛笑笑。转身去了。

柳笛就一个人坐在吧台里，失态地看他一步步走远，手中还紧攥着那只温热的酒杯。

从这天开始，柳笛每天都注意装扮自己了。可年轻作家自那晚喝过红酒后，却再没光顾过前台。他失忆了吗？再不记得有个姑娘，在他的夸赞中第一次品尝到了人生怀春的甘甜和痛苦？

他总是很忙，耳边的手机也总是很热。他熟练而自信地游弋在作家队伍里，像条自由快乐的鱼。

柳笛目光渐渐黯淡，心里又酸又涩。她将自己偷偷写好准备求教的两篇文稿撕得粉碎，独自躲在前台里伤心地哭了。

再去收拾房间，柳笛就将那部天蓝色的手机狠心装进了口袋。从年轻作家房间里出来，她像变了一个人，套裙湿透了，紧紧地箍在身上。

一直到会议结束，柳笛都在焦急和愧疚中观察。甚至在梦中，她看到自己被警察抓上了警车。而年轻作家就在车下冷冷盯着她，用亮晶晶的眼神解剖着她……

可一切都没发生。他依旧风度翩翩，谈笑如故。柳笛的心在滴血！

作家们离开那天，照例在山庄门前合影留念。大客车来了，女孩们列队欢送。年轻作家迈起矫健的步伐越上车梯，恰好就坐在车窗前。

车窗下，柳笛泪眼婆娑地凝视着年轻作家。他见后大惊，打开窗子，冲柳笛使劲儿地摆手。

柳笛拼命地摇头，眼泪横飞。车开动了。柳笛忽然从口袋里掏出那部手机高高地举过头顶，追着跑着喊着，递给年轻作家。

"对不起！对不起……手机是我偷的！我是小偷！……"柳笛的哭声近乎嘶哑，脚步踉踉跄跄。

年轻作家大为惊讶！但仅是一瞬，便灿烂地笑了。他将半个身子伸出窗外，接过手机，对追来的柳笛大声喊着："柳笛，柳笛，谢谢你！我喜欢你！……再见啦……"

"再见……"

窗外，破涕而笑的柳笛，多像一株婀娜含羞的碧柳啊！

兴发渔行

我们这里，离海很远，本是个纯粹的内陆小城。

可没办法，现在流行吃海鲜。其实也不是流行，海鲜虽贵，但确实好吃。

于是，兴发渔行火起来了。

原来的兴发渔行，只批发海米、咸鱼、虾酱等干货，大老远就闻见一股呛鼻子的腥味儿，屋子里暗得不行。

可渐渐，黄老板开始运营纯正的海鲜。他是先委托朋友出差捎带，后来干脆贷款买车，每天专门长途跋涉去海边拉鲜货。

现在的兴发渔行，早已今非昔比。不但扩了地盘，换了门脸，改了格局，就连存海鲜的装备都先进了。

有一种海鱼叫真鲷，又俗称红加吉，体色艳丽，肉质细嫩，味道鲜美，属于近海暖水性名贵底层鱼类，具有很高的经济价值。黄老板用来养它的家伙，就是一方伪造的岩礁海水区。为解决海鱼易死亡、肉质易变疏松等问题，黄老板还专门在水底安装了一个五颜六色的拂尘样的装置，时刻不停在水底转动，搅得海鱼们片刻不得安宁。所以，黄老板的鱼做出来的味道真是蛮不错的！

黄老板有钱了。

可有钱的黄老板一直没有续弦。

大概有七八年了吧，黄老板的老婆甩下他，跟着小城一个司机走掉了。那年头，黄老板过得拮据。屋子里终年冷冷清清，除了死鱼就是烂虾，日子充满了霉腥味儿。

因此，黄老板每次回忆那个雾蒙蒙的黄昏，总免不了要黯然神伤、唏嘘叹气。

当初究竟怎么回事？每当有人关心地问起。黄老板总是低下头，搓弄着两只戴满了大金戒指的手，久久不语。等到人们起身要离去时，黄老板偏又用湿漉漉的话语把人们挽留住：

都怨我不好啊！

原来当初，女人是受不了清冷孤贫，黄老板又不能生育，而决绝离去的……不是没人劝过，黄老板，你现在有钱，再续一弦嘛！现在的女人就崇拜你这种男人！黄老板听了，摇头苦笑。

不是没有人介绍，黄老板，"绿源"饭庄梅老板的小姨子，怎么样？人家对你印象可蛮好！黄老板仍旧只是笑笑，转身离去。

甚至，还有人将姑娘带来，任黄老板好奇地观察够了。再问，黄老板，人家还是大姑娘呢。长相比你那个黄脸婆强过百倍吧！谁知道，黄老板当即黑了脸。你们要来买货，我给全城最低价，别的就不要瞎扯了！

人们就都竖了大拇指，说黄老板真是个重情之人！

人们也都想知道，黄老板的女人现在是什么光景了？

终于有那么一天，黄老板的女人走进了兴发渔行。

人们顺着黄老板惊讶的眼神望去，却实实在在失望了一把！这就是传说中的她？真不敢相信。

是啊，就是在眼下小城，女人的长相穿着也很有落伍的嫌疑了。

可黄老板，整整一天都兴奋着。他通知服务员，下次女人再来买廉价品，就把最好的鲜货装给她，还要把价格不动声色地压到最低。

女人不但亲自来买海鲜，而且开始跟黄老板讲话了。女人开口向黄老板借钱——58万。老天爷，这简直是黄老板的毕生心血！

人们知道内情的时候，已经晚了。黄老板把钱全部借了出去，毫不犹豫，条儿都没打。有人急问，黄老板你傻啊？万一……黄老板干咳一声，打断问话，没事，没事。兀自一脸轻松。

事后，人们依稀听说，原来女人的现任丈夫得了尿毒症。女人之所以来兴发渔行，实在是走投无路了。

好事人终于又有了新话题。尿毒症的治愈率很小，黄老板和女人岂不是又有了复合的希望？黄老板多年的夙愿，看来要实现了！

可这只是人们的一厢情愿。生活总是现实而残酷的。那同样是一个雾气蒙蒙的黄昏，兴发渔行门前突然发生了一起严重车祸。黄老板被轧在一辆大货车下，成了一摊血红色的虾酱。

第二天一早，女人又来买鱼，一个女服务员哭着告诉她，黄老板出事了，黄老板死了！

女人听了，并没有显露出何样的悲痛，付了钱走出门外，却一头栽倒在路边。

以后的日子，兴发渔行并没有歇业。相反，却越做越大，直到省城都开起了分店。兴发渔行的老板，就是当年黄老板的女人。

原来女人的丈夫早就病死，跟黄老板借钱也只是个幌子，她是不想让黄老板的后半生过得太逍遥、太舒服……

当年女人之所以走，是因为在老家曾和黄老板定过亲的女人找上门来，趁她不在，跟黄老板睡了一觉！

也是直到这时候人们才知道：原来黄老板和女人，都是漂泊在异地的外乡人。

乡下一夜

上路时，刘乃川说，到前面商店停一下，咱买点东西给沙尘暴。

沙三坐在副驾驶上，攥住司机的手说，不停，不停，给他买个狗屁，他能请到你们，已经是祖坟上冒青烟了，可不敢！

刘乃川还想坚持，但听到司机杀猪样地嚎起来。司机说，大哥你饶了我吧，不买就不买，你想把我腕子废了啊？

沙三慌忙松开手，一边不停地道歉，一边催促司机快点开车。说完还不忘回过头来对刘乃川等人强调，今天五子没来，是在家杀羊呢，大锅全羊香啊，我每回吃都能咬到舌头！

说完，还真的伸出舌头来让众人看。

蓝馨夸张地叫起来，说，讨厌，沙尘暴龌龊，你比他还恶心。

沙三就厚着脸笑，说，坏了，蓝老师把俺的舌头当成口条了。

所有人就都笑趴了窝。

车子在午后的羊肠小道上扬起一路黄沙。

直到傍晚，车子才进村口。村里几十户人家的狗几乎同时叫起来，把夜幕叫得金星四冒。

车还没停稳，沙三便扯起破锣嗓子朝向村里直吼：五子！来啦！五子！一片小树林后的哪户人家立时有了回应。

紧接着，众人就看见又矮又结实的沙五踉跄着向他们跑来，与此同时被他挟裹而来的还有浓重的羊腥味儿。

蓝馨再次抗议说，搞什么嘛，沙尘暴，我不喜欢吃羊肉的。沙五听了立即吩咐沙三，快去，把六家的狗牵过来！

沙三半是犹豫，把脸望向蓝馨。蓝馨没再说什么，倒是刘乃川大声说，算了算了，城里不缺肉，吃点青菜就行！

众人徐徐走进沙五家准备落座，忽然发现这个家几乎没有能坐的地方。房是盖了毡的草房，地板是又湿又松的泥土，一盏度数极低的灯泡让几位近视眼谁也看不清谁的脸。幸亏天不算凉，沙五就在天井里的羊肉大锅边支起了几张矮凳。众人围成一圈，立即开始文学话题。刘乃川专门从腋下皮包里抽出一张16开的小报，还未打开便被沙五一把夺去，用眼上下来回地刨。然而沙五眼神很快黯淡下来。刘乃川觉出了不对，忙又从包里掏出几张，展开，这才微笑着递给沙五。

沙五眼睛登时放亮，随即就像被点了痴穴。刘乃川在一旁咳嗽了一声说，念出来嘛！沙五就颤颤地念道：

对岸的秋天

作者：沙尘暴

对岸的秋天，

老牛的眼

最是你一滴金黄的泪，

掬起我满心的思念……

读完，沙五眼眶湿了。刘乃川问道，怎么样？我只做了稍许修改，这毕竟是你的处女作啊！

沙五说，刘主编，我都激动得不会说话了。我终于在县报上发表作品了！在我们村，我可是第一个啊！

蓝馨补充说，不止你们村，在你们乡，你也是第一个。

沙五将眼睛久久地贴在报纸上，良久才醒转了高喊，老师们都饿了吧？快，他娘给老师们端羊肉！

人们这才注意到墙角蹲着一个蓬头垢面的女人，飞快地站起来为众人舀羊肉。羊肉炖得稀烂了，众人狼吞虎咽。只有蓝馨委屈地问，有没有青菜？我不喜欢吃羊肉的。

沙五立即吆喝女人去弄青菜，女人步子迈得慢了些，沙五就吼道，磨蹭啥，熊娘儿们家没见过世面！这时沙三拖着死狗正好进门，女人大吃一惊问，三子你疯了？六家的看门狗你也敢动？

沙三说，五子叫拖的。人家蓝老师不吃羊肉。

沙五的喊声又响起来，三哥你快去剁了狗炖上，我去小八家提桶酒。这时候，刘乃川叫住了沙五，说，沙尘暴，我们反正要住下体验生活，先别忙。你也算是我县较有潜力的青年诗人了，现在报社经济方面比较困难，你看能不能给我们赞助几个？

沙五说，我一定好好写诗，好好赞助。蓝馨说，是叫你出几个钱支持报社。

沙五说，那要多少？先拿两千吧，我们看你也不容易。众人附和说，这么苦的条件坚持创作，很不简单！

沙五说，那我试试，大不了先不给孩子看病了。有人问，孩子咋了？沙五说，肺结核，我没敢让他在家，送他姥姥家了。刘乃川听了说，算了，这么困难，少拿点，一千？沙五说，谢谢刘主编，我一定办！

这夜众人喝了两桶白酒，吃光了半锅羊肉和大半锅狗肉，倒是后来端上的几碟蒜苗、炒辣椒、炒蒜瓣都剩下了。

喝大了的人们径直躺在沙五潮湿的通铺上，沙五将女人赶到别家，自个在床下烧炉子，他们热烈地讨论着诗歌的现状与未来。

下半夜，下起雨来。窗外电闪雷鸣，屋内呼噜声山呼海啸。沙五正在火炉边打着瞌睡，突然被冲进门来的沙三吓了个半死！

快，五子！你老婆上了吊！

沙三哑着嗓子吼，不过救得快，活过来了。

沙五一时反应不及，上前扯住沙三，忽然又见他手腕上正往下流血。沙五问，你的手是咋了？

沙三一笑，露出满嘴的黄牙说，没事，那会儿杀狗时叫狗咬的。

追 忆

火灾发生在深夜，由于猝不及防，很多人都丢掉了性命。

杜百厘惊醒时，爷爷、奶奶、爸爸、妈妈，包括临时来家小住的大哥一家三口，都已全部遇难。

那一刻，火势虽已漫进卧室，但杜百厘是能推开窗口，从一楼跳出去逃生的。

可杜百厘没有那么做。她忽然想起隔壁还住着一对双胞胎姐妹，隔壁的再隔壁，临时住进了一个集训团队，小小公寓里足足挤住了有二三十人……

杜百厘疯狂地冲向火海，像只英勇的飞蛾唤醒了沉睡中的人们，却在最后时刻被一根巨木砸中了后脑。

大火终于被扑灭。楼房狼藉一片，医院里塞满伤员。医生和护士像工蜂忙碌不停，记者和官员走马观灯似的更换。

杜百厘刚从重症病房转至观察室，就被汹涌的人流层层夹裹。

"请问你在痛失所有亲人的情况下，放弃逃生选择救人，当时是怎么想的？"

"据说你就像一个大火球一样冲到房间里救人，当时就没感觉到疼痛吗？"

"生死时刻承受着失去至亲的巨大悲痛，你又是如何做到冷静和坚强的？"

杜百厘憔悴地望着众人，嘴唇刚欲开启，却突然失控地哭出来。

哭声越来越大，歇斯底里，完全无法抑制和劝慰。

众人只得沉默，直到杜百厘由痛哭变作了抽泣，才降低话音继续采访。

杜百厘注定要成为平民英雄，成为这座浮躁城市的精神偶像。面对一拨拨的记者和慰问人群，她的回答是那么感人肺腑又哀婉悲怆！

很快，书记在电视里号召："我们一定要深入学习杜百厘同志的英雄事迹，深刻挖掘在这场灾难中迸发出的崇高精神，扬我奉献之风，塑我时代之魂！"

市长在报纸上倡议："全市广大人民群众要积极行动起来，就如何发扬杜百厘同志的大无畏精神进行深刻研讨，从而迅速形成学习热潮！"

市电视台对杜百厘进行独家专访，并请杜百厘回到火灾现场，实地解析摄录了电视专题片《烈火巾帼》；城市日报连续两天推出《烈火铸就城市精神》专版，并配以杜百厘屹立残垣断壁中的大幅照片；出版社紧急向杜百厘约稿，第一时间内编纂出版了《在烈火中永生》；电视剧创作中心以杜百厘为原型，紧锣密鼓地赶拍了二十集电视连续剧《哭泣的凤凰》。

随后，杜百厘事迹宣讲团迅速成立，并应邀在全国二十余座城市巡回演讲。

由于杜百厘不擅撰文，宣讲团破例让其现场发挥，理由是只有朴素的真实更能获取最佳效果，更能打动人心！

杜百厘开始在二十座城市间穿梭，她第一次坐上了飞机，甚至是第一次坐火车，第一次吃到了西餐，第一次因沾酒而酩酊大醉。

她在各个陌生的地方一次次泪洒当场，她的讲述由一开始的磕磕绊绊，不时的停顿、卡壳，变得顺脱而流畅。面对始终热情的掌声和目光，她在心里一次次完善着讲稿，将沉默、激昂、战栗乃至哽咽做得尽可能适时而自然。渐渐，她变得胸有成竹游刃有余，那些不断变幻的层出不穷的生动的鲜活的身临其境的词语，不时激发着她持续的惊喜，更难能可贵的是，她每一次讲到在大火中失去所有亲人时，眼泪总是恰到好处地汹涌而至。

一次次投入得动情，使杜百厘渐渐习惯并兴奋于剖解内心的过往。她感觉自己正向无数听众一次次地捧出心脏，尽管它已面目全非、残缺不全、鲜血淋漓，可她沉醉于将它完全地掏出来托在手上，对准伤口进行反复清洗和揉搓，于雷动的掌声和轰鸣的意识里谛听着伤疤的崩裂与开绽……

三个月后，杜百厘在北京某大学礼堂进行最后一次演讲时，遇到了一个眼光发烫的男孩。那次演讲一结束，他们就在后台相识，继而开始了闪电似的恋爱。

男孩看似高大，内心却无比柔软。他深深为杜百厘的悲惨遭遇和英勇事迹所打动，发誓从此以后竭尽全力地珍爱她的后半生。

然而杜百厘很快就给这段恋情画上了句号。宣讲团一解散，几乎所有人，包括那些曾经火热的城市都骤然对她失去了兴致，杜百厘陷在巨大的虚空里，陪伴身边的似乎也只剩下了这个男孩。

可杜百厘还是越来越觉得自己跟这个温文尔雅的人格格不入。

男孩终于不甘心地追问："为什么要分手？你失去了那么多亲人，正处在一生中最晦暗的低谷，究竟有谁还能像我一样谨慎地不再让你触及旧伤？"

杜百厘长长地呼一口气，说出一句让男孩目瞪口呆的话来："我也不明白为什么，可我迫切需要向人倾诉悲伤，否则我将会彻底抛弃了我的亲人！"

忘　记

　　噩耗传来时，曲三茈显得意外冷静。
　　这种意外是指两方面的：一是她自己本人，二是除她自己本人外的所有人。
　　非议随之甚嚣尘上，就像镁光背后喷散的烟雾，很快就遮挡住了灯光。
　　丈夫还很年轻，年轻除了有强烈的正义感外，还有无可避免的轻率。于是在那次抓捕通缉犯时，他单枪匹马出击，身中数刀而壮烈牺牲。
　　当然，人们在正义和轻率之间，更看重的是前者。
　　所以曲三茈的丈夫成为英雄。
　　英雄是最需要被缅怀的，人们纷纷走进英雄的单位、故居，了解其生前的成长经历，瞻仰和回忆英雄的光辉事迹。
　　应该说，人们都是虔诚的、悲痛的、肃穆的和崇敬的。
　　这就愈发凸显了曲三茈的不和谐。
　　曲三茈作为英雄的遗孀，非但没有在噩耗传来的那刻痛哭失声，而且居然并没过多盘问丈夫牺牲的详细过程，甚至哪怕到单位或医院里适可而止地闹一闹、提几点要求——人们也是理解的，但统统都没有。
　　于是有人怀疑他们感情不和，曲三茈极可能早有外遇。当然外遇也分好多种的，例如精神上的与肉体上的。

但这种说法很快就被英雄生前的日记证实为谬谈。曲三苀和成为英雄前的丈夫感情和睦心有灵犀。

可这又怎么能遏制住想象与猜测、怀疑与非议、谩骂与激愤？

"她自始至终连一滴眼泪都没流！"这确实是很多人都观察到了的，即便在最终火化英雄尸体的那一刻，曲三苀也没出现过任何过激的表现。

"她对待前来吊唁的领导和亲朋出奇的冷淡，仿佛躺在面前灵柩上的人与她毫无关系！"这一点不但被所有人察觉了，而且非常为之感到不快和不安。

"她简直就是一块木头，一块石头，一个枕头，冷酷无情，又臭又硬，将来无论睡在哪张床上都一样噩梦不停！"人们喋喋咻咻，愤懑难平。

直到最后一个纪实传记记者将事后曲三苀不顾婆家的反对，兀自去妇幼保健医院做了人流手术的事情揭发了出来，整个街谈巷议甚至公共舆论才达到了前所未有的统一和高潮。

"这是个什么样的女人？心比蛇蝎还狠！"

"见过自私冷漠的人，没见过这么自私冷漠到极点的人！"

"人间自有真情在，莫让英雄流血再流泪！"

曲三苀在这座城市的知名度很快就盖过了丈夫。一提起"曲三苀"这三个字，整座城市的人好比闻到了臭屁、踩到了狗屎，无不龌龊恶心、痛骂躲避。

这些，曲三苀自己当然都是知道的。

她比谁都清楚自己的处境，可她又好像比谁都不了解自己。

自从丈夫牺牲的噩耗传来那刻起，不知为何，该失声痛哭的她没有痛哭，该软弱眩晕的她没有晕眩，她居然就是那么冷静地听着那个消息，听凭自己的心脏于刹那间"咔吧"一声停跳了几秒钟，然后又神奇地恢复了正常。

她还以为自己来不及悲伤就已经死了，但是她没有。

这一切外界当然不得而知。

但是从那以后，她就开始逼迫自己开始忘记这一切，逃离这一切。起初这样做，她以为只是她不知好歹的下意识在作祟，以期保护腹部里的幼小生命。可她渐渐地发现，自己的魂魄实际上在那一刹那间就已碎裂消散——她不再是她自己了，她无法再做自己，她越来越害怕自己还是自己，最后就连她自己一直庇佑的小生命都觉得是那么沉重、虚幻、孤独、可疑……

她沉溺于那种恍惚游离中无法自拔，无法流泪，更无法在意哪张吊唁的脸是谁。既然没有在恰当的时刻里痛哭、晕眩或死去，那她迫切需要忘记，她唯有忘记，她只能忘记。

她背负着骂名离开了这座城市，改名换姓，找到另一份工作，远离公安局和派出所，从不与丈夫同姓或同名的人结识与交谈，不和任何幼儿微笑和嬉戏，生病从不进医院。这些还都不算什么，曲三茌最迥异与往的是进入一所大学旁听起了外语，可尚未等到她学业有成，那个外籍教师就在一天夜里将她放倒在集体宿舍的单人床上。

同居三个月后，曲三茌与之双双飞去了法国。

远在千里之外，曲三茌对新生活充满了新奇和热情，开始让自己忙碌得像个陀螺。时间一长，外教男友一向不灵光的感觉却忽然琢磨出了异常。尤其是他无论如何也搞不明白为什么曲三茌做每件事都那么疯狂。

"为什么？你这是怎么了？！"外教不解地问。

曲三茌脸色煞白，但一脸坚定地回答："没什么！忘记，我只是要忘记！"

曲三茌终于没有拿到绿卡。

躬 爷

躬爷姓公，名不详。有此绰称的那年，满打满算，不过三十有三。

躬爷生得身材矮小，腰粗腿短，尤其面相苍老，背部畸弯，从小到大，受尽揶揄和白眼。加之双亲早逝，世情炎凉，躬爷一直孑然独身，生计艰难。

躬爷是何时来医院的，没人知道。

可大凡来过医院的，没有不知道躬爷的。无论是谁，只要用得着，只要不嫌弃，甚至开玩笑胡闹，只在急诊大厅一跺脚，立马就会听到一阵急促的脚步声，眼见一团黑影像匹鸵鸟似的直奔眼前。

此人就是躬爷。

躬爷专在医院背人。

背啥人？啥人都背。

包扎的，注射的，拍片的，化验的，透视的，输血的，手术的，B超的，CT的，转院的，换房的，移床的。当然，最主要的还是急救的，伤残的，孤寡的，传染的，死亡的。

有轮椅和担架，躬爷算干吗的？

躬爷啥编制没有，就是一个等吆喝卖苦力的。可偏偏那些过来人都心知肚，明：啥先进玩意儿，比起躬爷来，都不好使！

躬爷最初来医院是给自己查病的，可查来查去就怕了。每到一处，医生张口就问的不是病情，而是查他裤兜里到底装了多少钱。

躬爷能有啥钱？往回走时，却听急诊室的护士朝他招手大喊："喂，帮个忙！输血，缺担架！"

躬爷二话没说，上去背起患者就走。临了，还不放心，在输液室外来回徘徊。也巧，那天特忙，护士们见他老实，一连支使躬爷背了四五趟人。最后，躬爷的降烧针就是护士给免费打的。

从此，躬爷开始留恋医院。

不为治病，而是可怜那些生病的人。

自然，护士们和躬爷熟起来。一次，护士小严站在走廊上高喊躬爷："老公！

快点过来……"话未讲完，引起一阵爆笑。护士们这才意识到问题。从此，躬爷所以成为躬爷。

躬爷的第一笔钱来得很容易。

那时躬爷只想在医院尽义务，突然被一个胖子叫住。"我儿子贪玩叫玻璃扎了脚，你把他背上四楼去，我给你二十块！"

躬爷听了笑笑，身子一矮，背起孩子噌噌就上了楼去。胖子果真掏出钱来，躬爷不接。胖子把钱摔在躬爷脸上："死驼子！别他娘装，现在干什么的不要钱？"

第二笔，却相反。

是个醉鬼。躬爷正往二楼背着，忽觉背上一阵潮热，臊气冲天，前襟随即被呕进一滩黏稠的秽物，两只铁钳大手突然扼住了脖子，紧接着右肩被狠狠咬住！这次背人，险些丧命。即便如此，躬爷也只拿到了区区的两块钱。

也背老人。每当此时，躬爷先是两脚扎稳，马步半蹲，脊背在原基础上尽量前伸、下塌，脖颈向上挺直，两手环绕绷紧，走起来不偏不倚，不摇不晃，不颠不簸，不快不慢，轻抬轻放，煞是用心。

背老周头和老苏头的时候就是这么背的，可躬爷都是人还没放下，心已冰凉：转眼之间，那些送老人进院的红男绿女，早不知去向！

也背过女人。那是躬爷来医院的第三个年头上。二号病房楼清晨里的一声尖叫刺破长空，一个四十多岁留着披肩长发仍没有结婚的女精神病人，像颗流星一样结束了自己的生命。

躬爷背起她的时候，胸口一直热辣辣的，像是鼓足了平生气力去做一件巨大的亏心事，脚步都有些发飘。尤其女人那头纷乱的长发，充满了浓烈的洗发水味道，抚在脸上，让躬爷好几次打着喷嚏险些栽倒。

女人三伏天里穿的是件红彤彤的厚棉袄。但躬爷却感觉背上有两处轻盈，柔软，潮湿，乃至酥麻。从病房楼到停尸间，短短几百米路，躬爷却感到有些虚脱。还背过警察。

那个年轻人被送来时，躬爷听人说，如果让背上这个人醒来发现自己正坐在轮椅或担架上，那后果将不堪设想。

警察是在排爆时出的意外，被截掉了右腿。躬爷没想到只走了二十级台阶他就醒了。然后，是剧烈挣扎，摔到背下，撕心痛嚎。

所有人都手足无措，只有躬爷吼了一嗓子："是汉子，哭够了，就算了！"

那警察，蓦然愣住。

躬爷在医院待了六年，头发花白了大半，人瘦得皮包骨头，腰背整个塌陷下去，不过脖子还是竖直的，远远望去，像极了一把蹾在暗陬里的竹椅。

后来，医院升级，带电梯的住院大楼拔地而起，120急救车配备齐全，大批器械和人才也陆续到位，医院里有了更严格的管理规定。

没有人撵躬爷，可躬爷的谋生愈发举步维艰。

那是个飘雪的清晨，躬爷高烧不止，想去医院看病。半路上，却背起一个受伤跛脚的年轻人。

这年轻人是个逃犯。警察沿脚印追来的时候，发现他被搁在了八楼的楼梯上，上不去下不来，而躬爷匍匐在地，身下淌出一滩黑血，人早已经去了。

警察疑惑：躬爷显然不知逃犯的身份，可他为什么不走电梯呢？

错　位

"爸！"他猛地惊叫一声，吓坏了身边的女友。

女友颤颤地疑道："什么，你叫他什么？"

他即刻羞红了脸，像个做错了事的孩子低下了头："梅子，对不起，我欺骗了你！我爸爸根本不是什么局长……他，就是我爸爸！"

女友慌张地捋起额前被风吹乱的秀发："他？你不是在开玩笑吧……"

眼前的这个人，衣衫褴褛，蓬头垢面，一双失神的眼睛呆滞地凹陷在枯树皮一样的脸上，皲裂的嘴唇微微地抖着，不时流下肮脏的涎水。这老人显然也是惊呆了，慌忙将手中的麻袋往身后藏去。

女友痴痴地站在原地。不知所措，像是呆了，又像是傻了。

他紧张地晃晃女友，沉重地说："梅子，你果真那么在乎吗？难道我们的爱情不值得你留恋？我向你坦白了，我们是不是要……要结束了？……"

女友闭口不答，她仿佛在震惊中还没有反应过来。

突然，他诡秘一笑："呵呵，梅子，好梅子，我只不过是逗你玩呢！谁又能真的不在乎？！"

他搂起女友纤瘦的肩："开开玩笑，一个游戏，好了好了，别再想了！"
　　这时，老人已经背负着麻袋默默地走远了。
　　女友眸子里肆意地流出泪水："那是我爸爸……"

秩 序

出门办事，遇见一个男孩。

这男孩五六岁，虎头虎脑，扎一条朝天小辫儿。正半跪在土坡下面专心致志地玩儿。

我朝他走过来时，他丝毫没有察觉。

他玩的游戏很奇怪。让我不禁驻足观望起来。

他先是在土坡附近，笼络一些细碎的石子，然后随手捡起其中的一枚，一次又一次地高高地抛上土坡。

石子，有的飞得很高，落向了土坡另一侧；有的，却只在男孩附近降落，一路蹦跳着回来砸在侧身捡石的男孩身上。

每一次被滚落的石子击中，男孩都会猛然警觉，倏地抬起头来，四下里一阵张望。嘴里气咻咻地质问道："谁？是谁！"

一副遭受了别人暗算后的愤怒模样。

看着他一次次恼羞成怒，我不禁觉得好笑。这孩子可真逗。谁？还能有谁呢？"凶手"明明就是你自己嘛！

可我还是禁不住要佩服这男孩的一点：他专心、投入，心无旁骛。外界与游戏无关的一切根本就不在他眼里。

我已经走得很近了，实在看不过他如此狼狈而无趣地玩耍。遂捡起一枚石子，从背后轻轻地打在男孩身上。

这一次，孩子猛一转身，抬起头来发现了我。

可他没再发怒，甚至没有出声，只是用他漆黑的眸子一直疑惑地盯着我看。

直盯得我有些不好意思起来。

我只好尴尬地朝他挤出一丝微笑，说："是我……"

洞

　　行在院子里挖了一个洞。洞很深，很宽，行常常一个人钻在里面，很久都不出来。

　　母亲见了，问行，行你干吗呢？为什么要挖洞？

　　行说，不为什么，我就想在自己院子里挖个洞。

　　母亲说，你也不小了，别光知道玩儿，你父亲身体有病，以后还指望你撑起这个家呢。

　　母亲说得不错。行父亲常年有病，行年龄又小，一家老少全靠母亲艰难支撑着。日子很苦。

　　父亲知道了，也喘着气问行，行你干吗呢？为什么要挖洞？

　　行说，不为什么。

　　父亲又问，你钻到洞里干什么？那里面又黑又湿。

　　行说，谁说的？洞里不黑，也不湿，其实洞里很暖和，还很香。

　　父亲疑惑地问，真的吗？洞里很暖和？还香？

　　行坚定地点点头。一副很得意的样子。

　　父亲觉得行有问题。父亲是干了半辈子农活儿的人，他知道那洞里应该是一副什么样子。他不相信行，并叫行母亲阻止行。

　　母亲阻止行时，行却哭了。行说，你们能不能信我一次？我请你们也到洞里去看看，去闻闻，去躺下来睡一觉，那种感觉很舒服。真比咱们家这间草房子好多了!

父亲不信,母亲也不去。他们认为行疯了。

行流着泪说,就算儿子我求你们一次。

好吧,母亲终于答应了。她真是个好女人。谁的话她都可以听,更何况是她亲生儿子的呢?

母亲就在行的指引下,钻进了行挖出的洞里。

母亲一进洞,就感觉行其实并没有骗她。洞里很黑,但是很暖和。洞里有些潮湿,但是有一股非常浓厚的泥土芬芳。

母亲和行并肩在洞里躺了下来。两个人谁都没有说话。母亲却感到了一种踏实,母亲感觉自己似乎已经没有了洞外的那种焦灼和沉重。

母亲从洞里出来,父亲急忙问她感受。

母亲就实话实说。母亲说,其实洞里真得很不错,很暖和,也很香,更主要的是我在洞里竟然睡着了。

父亲有些将信将疑了。母亲将近有二十年,没睡过一个安稳觉了。她居然能在行挖出的洞里睡过去,简直不可思议!那说明那个洞不但暖和、香,还应该很静。父亲终于主动要求行,搀扶他一起钻到那个洞里面去。

父亲也想闻一闻泥土的芳香,睡一个安稳的、暖和的觉。自从他得病以来,非但别人为了他睡不好,他自己也总是疼得死去活来,不得安生。尤其,父亲经常因为感到冷而吐血,一吐就是半脸盆。

这一次,父亲相信了儿子的话。他和行钻进了那个洞。

他们在洞里躺下来。行问父亲,暖和吗?父亲说,还真暖和。行又问,香吗?父亲说,香。行再问,你觉得这里安静吗?这时,父亲已经睡着了。

行往外爬,在洞口处遇到了母亲。母亲问,怎么样?行说,很好,我父亲睡着了。

母亲说,那我进去看看。行说,算了,咱们别打扰他睡觉。我们出去吧。行和母亲刚刚钻到洞外,就听到轰隆一声巨响,洞口被土堆堵死了。

母亲惊问,行,这是怎么回事?

行沉痛地说,是洞塌陷了!父亲被埋在底下了。

　　母亲又急又气,边哭边要打行!可母亲的手刚刚碰到行的脸,就失去了力量。

　　母亲把行紧紧地抱住了。

你不能这样

　　行和父亲逛街，看见一个女人。

　　女人其实并不漂亮，可穿着大胆另类。行盯看得有些着迷，落在了父亲背后。

　　父亲眼明口快，质问，你看什么？

　　行说，我看那个女人。

　　父亲说，你不能这样！你怎么能这样呢？老盯着一个陌生人看是极不礼貌的行为！何况是盯着一个女人？

　　行纳闷儿，我只是盯着她，又没有伤害她的意思。

　　父亲反问，那你究竟看什么呢？她长得好看吗？

　　行说，我只是觉得奇怪。她穿的衣服和别人大不一样。你不看吗？

　　父亲很气愤，我绝不会看！你要记住，不许再盯着陌生人看，尤其是女人，否则别人会骂你是流氓。

　　行急得差点哭出来，我不是流氓！

　　父亲说，你盯着她，人家就以为你是！

　　行流泪了，我不是！她在街上走，有谁规定不准看了？

　　父亲说不过行，却用严厉的目光盯着行。行感到很冷，就把所有的委屈收藏起来，顺从地跟在了父亲背后。

　　行和母亲逛街，走累了。母亲说，你在楼下等我，我上楼买几件打折的衣服。别乱跑。

行答应了。母亲买完衣服下楼，看见行正坐在街边盯着一个乞丐。

母亲问行，你看什么呢？

行不说话，眼睛仍然直直地盯着乞丐，只是用手指了一个方向。

母亲马上说，你不能这样！你怎么能这样呢？老盯着一个人很不礼貌，何况是盯着一个乞丐？

行说，妈妈你看，那个乞丐没有了两条腿，走得多么艰难！他怎么生活啊？

母亲很气愤，你不要再看了！我们又不认识他。你看他已经发现了我们，你再继续盯着他，他会以为你鄙视他残疾，看不起他！

行急了，说，我没有鄙视他，更没有看不起他！

母亲说，可你盯着他看，他就以为你那样！

行哭了，我没有！他向这边走，其实是在人群下面爬动，街上那么多人都长着眼睛，有谁规定不能盯着乞丐看呢？

母亲说，你看街上那么多人，除了你还有谁在盯着他看？

行抬起头来，环视一周。果然，没人再盯着乞丐。可行还是觉得委屈，但他没再说话，默默地跟着母亲回家去。

行渐渐长大。有一天逛街，看见一个非常帅气的男孩。行盯着男孩看，跟着男孩一路走着。

男孩发现了行，突然在一个胡同深处转身，用把刀子逼住了行，你想干吗？行说，我没想干吗。

男孩说，你打错主意了，我就是吃这碗饭的。看你这副熊样，是不是刚出道？

行有点怕，说，我不知道你什么意思，我只是觉得你很帅，尤其是你的发型。你能不能告诉我你的发型是在哪里做的？

男孩收起了刀子，笑得几乎蹲在了地上。边笑边还冲着行喊，滚，快滚！你这个神经病！

行觉得扫兴。他根本就不是神经病，他真不愿意男孩那么说自己。

到了恋爱年龄。行有次街逛，发现前边不远有个女孩。行一下就愣住了。世上竟有这么美的女孩？行一路跟着她，像走在一幅画里。

　　女孩却突然在街角回过身来问行，你老盯着我干吗？当心我报警！行说，你长得真好看。女孩听了，嘴角一翘。

　　行又说，我被你迷住了。

　　女孩微微吃了一惊，你到底想干吗？行说，我想请你做我的女朋友，行吗？

　　女孩笑起来，却是冷笑。女孩说，你不能这样！你怎么能这样呢？我们又不认识，不了解，谁知道你是不是坏人？是不是神经病？请我做你女朋友，最起码得有个介绍人，然后交往看看，我才能决定啊！

　　行马上说，我没想过介绍人，我只是担心你走掉了就再也找不到了。那样我会后悔！我现在就自我介绍吧，我叫行，22岁，身高1米74，在邮局送信，共青团员，独生子女，会驾驶，爱读书……

　　女孩说，停，好了！你一下说那么多我怎么记得住？女孩说话的时候也一直在盯着行。盯着盯着，居然脸红了。女孩发现，行其实还蛮帅！行呢，任由女孩盯着，觉得这种感觉真美好！真快乐！真幸福！真是一生之中最最开心的时刻！

　　行后来把女孩带回家去，父母知道经过后大吃一惊。他们不相信，问女孩。女孩说，真的，我和行就是那样相识和相爱的。行的朋友也不信，因为女孩实在太漂亮了！

　　他们嫉妒。

狼　狗

　　我们那个镇，吃狗肉是出了名的。

　　无论普通酒席，还是风味佳宴，甚至是招待过外国友人的豪华套餐，狗肉都历来是一道必不可少的名菜。

　　于是有很多人不顾路途遥远，骑着摩托、开着小车就忽忽拉拉地来了。来了就直奔主题，急猴猴地冲店内喊一声："老板！快，上狗肉！"

　　于是狗头、狗尾、狗肠、狗胃、狗肾、狗鞭、狗脖子、狗蹄子，大锅炖狗肉、爆炒狗肉丁、狗肉冻豆腐箱儿、小葱凉拌狗肉丝儿就陆陆续续端上桌来了……名目那个齐全，花样那个繁多，食客们总能乘兴而来，满意而归。

　　所以，我们开的那家老字号店生意就特别的好。整天人不断，钞票大把大把赚，没过两年我们家就买上了富康小轿车！

　　但是人们越吃越挑剔，狗源却越来越成问题。养殖厂里的肉食狗已渐渐不能适应食客们的胃口，他们更青睐的是家狗、山狗。确切点说，是他们更喜欢吃自然成长、吃五谷杂粮长大的狗。

　　他们可真会吃啊！——这样的狗，肉太香啦！

　　可想而知，那天我和二哥开着轿车出镇四十多里路，愣没见着半条狗影儿！远近的家狗早已经被吃光了，现在要寻一条正宗的家狗难比登天！

　　终于，我们在城区一个住宅小区附近发现了目标！那竟是一只品种一流的德国黑背狼狗！它脊背上的黑毛油亮亮的，活像闪光的缎子，身侧的皮毛则金灿灿的，像肥硕的麦浪。它两耳直竖，双目圆睁，四肢矫健，动作敏捷，一看就是满满一大锅喷香的狗肉啊！

我们兄弟看见这只狼狗就把车子停下了，我们仿佛看到了大把的钞票在向我们招手，要不是在它旁边还有一位步履蹒跚的老太太，我们真想立即就把它放倒，拖进车里，剥皮、掏肺、洗肠子……

二哥就满怀信心地下车跟老太太谈判。十分钟后，他哭丧着脸回来了，他说不但生意没谈成，还差点让老太太用拐棍儿戳烂了命根子！

谁不知道二哥是有名的巧嘴啊，他谈不成的事儿我是连想都不敢想的。于是我们俩就商议着跟踪老太太，为了钞票，明取不行，那我们只好来个暗夺！那天傍晚刚上黑影儿，我们就得手了。狼狗虽然机灵，但它一闻到我们特制的药馒头就晕死过去，我们迅速把它拖进车里。二哥飞舞着方向盘，我在车后当即就给狼狗做了煮前大手术。嘿，这狼狗肚子里竟还怀着三只小狗！

说实在的，那狼狗挣了大钱，光狗皮就卖了80块，狗肉招待了一伙外地考察团，净赚1200！

如果不是良心上实在过不去，我们也不会知道狼狗背后的故事。

那天我们去给老太太门底下掖钱，结果碰到了她家邻居。邻居说，你们俩还不知道吧，老顾住院了，丢了狼狗她疼疯了！

一条狼狗值得吗？二哥小心翼翼地问。

值得吗？你们不知道那狼狗可是老顾丈夫留下的遗产！老顾在我们传达室干了好多年了，去年她过生日时正赶上单位加班，我们都劝她提前回家过生日她不听，结果一大家人开车给她送生日蛋糕时，路上出了车祸！

车祸？我和二哥大声地问。

对。车上七口人，无一幸免！

我们倒吸了一口凉气。

那狼狗是老顾丈夫从刑警队退休时特准带回家来的，老顾死去活来好些回了，全靠那只狼狗支撑着。你们想想，没有了那狗，老顾还怎么活？

我们如同遭受了电击，愣在走廊里发傻。直到邻居觉得可疑对我们进行盘问，我和二哥才撒腿跑出了小区。

那天我和二哥灰溜溜地转了好几家医院都没见着顾老太太。回到店里，我们把事情跟大哥一说，大哥当场举起石头把煮狗的锅给砸了。

我们兄弟仨在镇上开起了出租车，却绝不拉拖狗的生意人。我们无数次地穿梭在城镇之间，妄图有一天能寻找到那位失踪了的老人。

你跑什么

八年以后，吕新回来了。

家中变化让他目瞪口呆：爷爷脑中风死了，奶奶自杀了，父母长年卧病不起，唯一的妹妹远嫁内蒙；就连原先住在机械厂的老房子也被城改了，取而代之的是一套六十平米的单元楼房。

吕新双膝跪地，一步步蹭进门里。磕头如捣蒜。

"爸！妈！不孝儿子回来了！……我对不起你们！我不是人……"吕新声嘶力竭，泪雨奔流。

"新啊，你咋还知道回来？！我们都以为你死了……"母亲声音嘶哑，满头都是愁白的银发。

"作孽啊！……孽种！"父亲情绪激动，悲愤中老泪纵横。

吕新痛苦地薅住头发，使劲将脑门儿往地板上撞。往事像条毒蛇，忽然从时间的长草丛中射出，咬住了他。

八年了。

人生能有几个风华正茂的八年呢？吕新就是在梦里都想彻底逃离这黑暗耻辱的八年！他多么希望那只是一场恶毒的梦。

"我刚去上海的第一年，真挣了不少钱！可为了救立伟，全用光了。"孤儿立伟是当年随他一同去闯上海的。"我们哪知道是得罪了黑道呢？……立伟被人杀了！我留下一条命，给他们在地下工厂半死不活地打了六年工！直到最近才被公安解救出来……"吕新红着双眼，断续地哭诉。

谎言像条鞭子，抽得他浑身痉挛。

两位老人实在听不下去，颤颤上来拥住吕新。"儿啊！""我的亲儿啊！""你可回来啦！""你没死啊！呜……"

吕新咬破嘴唇，眼里泪流如注。

第二天，吕新给家里拿回一沓钱来，不多，整两千。并对父母说："治病要紧，咱下午就去医院体检，我要你们把身体养得好好的！以后享福的日子还长……"

吃中饭前，房门一响。楼下酒店的服务员抬上满满一桌子丰盛的酒菜。父亲刚一迟疑，吕新就险些大发脾气："八年了！我请自己父母吃顿饭还不行吗？只要你们喜欢，以后咱们天天吃！"二老就笑，笑得泪花飞溅。

几天后，吕新把饮水机搬进家里来，真空热水器也很快差人装好。给父母穿换上新衣，煎好中药，扛着煤气罐忙进忙出。

家里很快焕然一新。

妹妹打电话回来时，得知吕新在家，电话那头忽然就哑了。之后很久，才听到冲天而起的一声哭叫，电话被"砰"的一声挂断了。

"妈，辛芝呢？"吕新给客厅换吊灯时问。

"这几年县城征地改建，小院儿的孩子们全都长大搬走了——辛芝等了你五年，最后实在没办法才嫁给安才了，辛芝那孩子……"母亲说着，掩饰不了内心的巨大遗憾。

"妈，替我把这东西交给她好吗？"吕新敞开手心，那里面躺着一大颗钻戒。"这，哪儿来的……"

"你儿子现在有钱了。妈，算我求你一次，妈！"

……

吕新的归来让父母有了脱胎换骨的精气神儿，家里到处充满温馨。从前的不少老街坊也都闻讯而来，纷纷揣了惊喜嘘寒问暖。

大家亲切地跟吕新交谈。吕新的高谈阔论不时引起一片惊叹。

那天，吕新正在楼道口跟人聊天，突然看见一辆警车远远驶近了，停下。从上面飞速跳下两名警察向这边猛冲过来！吕新大脑"嗡"的一声就蒙了。他撒开两腿没命地跑起来。

大概也只跑出一二十米，吕新便被人从背后扯住。猛转身，见是警察，吕新痛苦地两手抱头，慢慢地蹲到地上。

警察薅住吕新的衣领子，猛地将他拽起来呵斥："你搞什么搞！我们在抓路口那个卖豆浆的敲诈犯，你跟着瞎跑什么？"

吕新忽然近距离地认出了眼前这人，大叫一声："是你？安才！"

良　心

　　世上没有两片相同的叶子。但世上偏偏总发生一些似曾相识的奇事。

　　今年冬天一个凌晨，老白和队员开车经过居家城市场，由于车速慢，透过车灯，老白远远发现地上散落着大把钞票。

　　此时，天上正淅沥下着小雪。

　　而随着小雪飘然落下的，还有一些花花绿绿的钱。

　　夜巡这么多年，老白算头一次开了眼。天上下雨下雪下冰雹甚至下沙子他都经历过，唯独下钱还是第一次见。

　　老白下了车，顺着飘钱的方向抬头看，发现头顶高耸的塑钢大棚边角上，正斜搭着一个黑色皮包，钱就是从那里面忽忽悠悠地飘落而下。

　　老白赶紧指示队员去够包，自己弯腰去地上捡钱。难不成这真是上帝的打赏？不要白不要啊！

　　可捡着捡着，老白发现情况不对。

　　钱大都是些毛票，上帝怎么那么吝啬？

　　而且捡着捡着，老白有种强烈的不祥预感，问题究竟出在哪儿，一时说不上来，可天那么冷，他愣是冒了一背的冷汗。

　　等队员把包够到手，地上的钱捡完，仔细一数，总共一千三百五十六块四。有队员嘴快说："白队，情况不妙啊，一三五六四，一天没好事。天马上就亮了，咱撒吧？"

"撒？这鬼天，谁不想老婆孩子热炕头？"老白眼盯前方，前方是平时用塑钢大棚挡雨遮阳的菜市场，此时一片死寂黑不隆冬望不到头。"可事儿太蹊跷了，你们以为真是财神爷送钱？"

"有可能！"队员兴奋地说，"以前电视上还演过刮风下鲤鱼的事呢！"

老白冷嘲，"那财神爷也忒小气了，看看这些钱，百分之八十都是毛票，还油乎乎脏兮兮的，像他老人家的手笔吗？就给这么点！"

老白说完，上车拿了手电，命令队员和自己继续往大棚深处走。队员们也来了兴致跟上，那架势颇有点阿里巴巴领着众乡亲发现了金山一样。

可他们一直走到尽头，再没有发现半毛钱。一路上也没遇到半个人影儿。队员失了兴致，冻得冷冷缩缩，老白却在往回走时眼珠子仍瞪大着到处撒摸。

终于，老白的预感应验了。他们虽走在同一个大棚下，但中间因有石板隔着，来回走得是两条道儿。返回途中，老白突然用手电指指左前方的地上，问身边队员："你们看，那是什么？"

队员们不看不要紧，一看汗毛都直起来了——

在那排极低的水泥隔板下面，赫然露出一只脚来，脚上穿着一只沾泥带水的女式皮鞋！

老白和队员虽见过不少伤害现场，可眼前阵势实在令人心惊胆颤。所有人的第一感觉，就是发生了杀人解尸案。

老白和队员赶紧上前察看，事情却出乎意料——腿是完整的腿，人也是完整的人。

等他们齐心合力小心翼翼把人从隔板下拽出来，竟发现那中年妇女还有微弱的呼吸！

救人要紧，他们二话没说就把妇女往急诊送。

然而这一送，却让他们没能在天亮时下岗。妇女的家属赶来后，死活不让走，一口咬定就是他们开车撞的人。

尤其是听医生初步诊断说，妇女很可能成为植物人时，家属闹得更为凶猛，非让老白他们掏钱赔偿。

老白和队员百口难辩，掏出工作证，掏出捡来的皮包和毛票，把过程详细说了一遍又一遍，可对方还是不信。队员要火，被老白强行按住。原来，老白也看出来了，对方不是不信，而是怕连他们也走了，找不到肇事者，医药费担负不起！

老白虽心里有气，但更恨那个撞人的家伙。经他分析，那人非但没施救，反而撞倒妇女后把她推进隔板下藏了起来。

要不是老白他们发现及时，妇女的命早就没了！

老白想趁着时间还早，去查那嫌疑人，可家属发觉了，硬拉着老白的胳膊就嚎："你还是个警察？你讲讲良心啊！你不能走……"

老白腾地一下也火了："是有人的良心叫狗吃了！我现在去给你们找找，找不回来我顶！"

老白把工作证押下了，带着队员返回市场。怎么都没发现肇事车的残留物。这会儿雪又大了，人车过往繁杂，到哪去找肇事车呢？

要说老白脑子就是转得快，去查监控！那么早的时间，看他往哪儿逃？

等老白和队员分头把几个路段的监控找出来，很快就锁定了一辆崭新的红色三轮摩托车。批菜妇女被当场撞击的场面虽没拍到，但那车驶进大棚后一个黑色皮包被猛然甩出来挂在大棚上，数不清的钞票飘散而落的场景却历历在目！

接下来就好办了，家属看录像认出了肇事者。剩下的，抓人。

这事对老白本也不算什么，可从此以后老白多了个朋友，还多了句口头禅。

朋友，就是那个涕泪横流前来还他工作证的家属，他妻子不幸真成了植物人，可老白坚持隔几个月去医院看她，顺便甩出那句口头禅来："人得抽空来看看良心……"

过 河

马导心里有件窝囊事儿。

这事儿，他揣上就放不下了，头发掉了一把又一把。

马导今年四十八，二十年前退伍后进的乡派出所，基层一干就是这么多年。马导也没什么文化，人长得粗枝大叶，不修边幅，显得很庄户。穿便服的马导，怎么看也不像个吃公家饭的警察。

马导家一直在农村，但在另一个乡镇，不值班时马导经常骑摩托车往二十几里外的家里赶。赶回去干吗？

除了同事们开玩笑说的给老婆"交公粮"，还得回去喂猪。

马导家里，上有病老下有弱小，全靠喂猪攒钱！

何况，马导在部队里就是饲养员，喂猪是老本行。

一个周末早上，马导不值班准备回家。可所里接到报警电话，辖区一农户家中被盗，丢了两头老母猪。

马导跟所长说，这村子正巧在回家道儿上，我顺便走一趟得了。

所长同意了，这又不是抓捕，看看现场的事儿，马导经验多，正好。

马导换上警服（这点是他的规矩，出警就得穿戴整齐），骑着摩托车就去了。

现场很远，虽说大体方向顺道儿，但走了不少偏路。

来到受害人家中时，猪圈边已经围了不少人。见马导来了，受害人还没开口就哭上了。

马导跟着心酸,他很清楚两头老母猪对眼前这个破家的价值。

"怎么回事?先别忙着哭,说说情况。"马导迅速进入角色。

"昨傍晚还好好的,我亲自锁好的猪圈门,今早上起来一看,俩老母猪都不见了!"受害人说,"我耳朵根子很灵性,可不知道怎么回事,昨晚上一点动静都没听到……"

"最近得罪过人吗?"马导皱着眉问。

"没有,我可是全村出了名的老实!"受害人答。

"好好想想,以前有仇家吗?"

"确实没有,你看我住得这地方,独门独户的,能有什么仇家?"

马导了解到,受害人是多年前逃荒进村落户的,在村里是个外姓,为人还算忠厚,要是有人报复,这么多年也早把他磕碜死了,非得等到今天?

马导没再说话,记录本儿一合,就开始围着猪圈转,里里外外走了三圈,然后开始抬眼盯住围观的人看,边看边往人群中间走。

这时候,人群里有个扛锄头的汉子突然扔下锄头就跑!

马导吼了声:"贼娃子,你往哪儿跑!"说着就追了出去。

汉子先跑出二三十米,马导和村民在后面紧追不放。马导边追还边回过头问:"你们认识他吗?"村民都喊不认识。

这是好几个村交叉的地界,不认识也算正常。可马导知道,不认识就决不能让他跑了。

越追越近,汉子跑进一片玉米地,等马导飞快地追出玉米地,却发现那人已经跳进了河里。

马导这辈子最大的遗憾就是不会水。别看从小生在农村,可偏偏是个旱鸭子。但马导顾不上了,也跟着跳进河里去。

等马导再一抬头时,忽然发现情况不对!

正是汛期,河水远比他想象的深,前边的汉子虽已到了河中心,但也不会浮水,而且河心水流湍急,汉子被浪头径直卷向了河下游。

眼睁睁看着那人只有头脸露在水面上挣扎，马导急了，冲着身后喊："赶紧的谁会游泳！快去救人……"边喊自己边往河中心奔，刹那间也被河水冲向下游去。

在水里，马导的优势顿时化作了劣势。同样不会游泳，但他体重沉得多，下冲的速度根本赶不上那汉子。

令马导更恼怒的是，他身后没有一个人追上来！

最后，马导被河水冲得头昏眼花，侥幸抱住了一块大石头，才勉强从水里爬了出来。筋疲力尽的马导一上岸就疯了似的往下游跑，结果他看到了自己最不愿意看到的结果——

那汉子像块发了的面包，直挺挺地躺在下游芦苇丛中间。

马导把尸体抱回村里去的时候，村民将他包围得里三层外三层。

村民们七嘴八舌地议论着，可马导跟傻了似的坐在尸体边发呆。最终，人散的差不多了，受害人才战战兢兢凑上来问马导："这就是那个小偷吗？你怎么知道的，为什么？"

马导缓缓抬起头来，眼神涣散地说了俩字："喂猪。"

受害人显然没听明白，又问："为、为什么？"

马导还是那副表情，回答说："喂什么，吃什么……"

受害人害怕了，再不敢多问，快速闪到一边去。

很快，所里的同事赶到了。所长办事利索，迅速叫人查清了死者底细，并从其家中猪圈里起获了丢失的两只猪。

往回走时天黑了，所长在车上问马导："你怎么确定是他干的？"

马导答："半夜弄走两头猪，不是现场杀的又不出大动静，很简单，小偷必定是个养猪的，那人身上有酒糟和鸡粪味。"

所长点点头，"既然是他没错，我们就没冤枉他！"

马导听了，忽然哭出来："可那毕竟是条人命啊，我要是不追他……"

娱乐演出

张萍接完电话，心里跳跳的。小时候，张萍做梦都想上电视、当电影明星。她长得太漂亮了，可她没那个命。现在，机会终于来了！刚当上电视导演的男友桑晓华特邀她参加一档娱乐节目。

张萍被告知，该节目共有十对男女参加，每对都是夫妻或恋人，他们要在灯光绚丽的舞台上，表演和比拼谁家的男人最怕老婆！也就是说，十个形形色色的男人要完全靠自己非凡的实力，来竞争一个叫做"最怕老婆先生"的光荣桂冠。

可后来张萍发现，桑晓华根本没说实话。他作为节目的导演，根本就上不了台。假如不是临时救场，他才不会这么大方呢！张萍既有些意外，又因此暗暗兴奋。于是面对男友，她将失望在脸上无限放大，任由激动在心底抽芽开花。

果然，只有张萍这一对是冒牌选手。在偌大隐蔽的后台，那些真正的情侣都在耳鬓厮磨絮絮切磋。只有张萍和高大尴尬坐在一角，沉默着。这时候桑导百忙中回过头来喊，喂，你们俩怎么回事？过来！快！熟悉一下，节目马上直播，待会儿你们可一定装得像一点！高大你听明白了吗？别砸了我的饭碗！

高大身材并不高大，却壮，一脸胡子，有种粗犷美。作为桑导手下的兵、张萍暂时的恋人，他悄声对张萍说，你可真漂亮……张萍笑着问，真心话？高大说，我从不说谎，你的眼神能让男人彻夜失眠。张萍听了直吐舌头，肉麻，不愧是电视台的，状态来得这么快！

一阵迫击炮似的重音乐后，镭射灯光像探照灯轮番打在十位男性身上。他们按号出场，依次在大十字型舞台上摆出各种匪夷所思的表情和动作。同时，男主持人用极富磁性的话音分别介绍着选手的怕老婆经历。

"现在大家看到的是一号选手武闽川，有天夜里他因超过十点钟回家，竟被老婆林紫儿关在门外整整一夜！""现在走到台前的是二号选手黄端，别看他人高马大，可在家里却经常被老婆当成战马，他说老婆骑着自己玩耍就是他一生中最幸福的时光！"……"四号选手王准，大家请注意他的左脸，请摄影师给个特写，据说这就是他曾被别的女生吻过、回家后惨遭毒手的地方（此处有惊呼）！""五号是个标准型的居家好男人，据说他今生唯一的愿望就是能替老婆生孩子！"……

鉴于前七名男选手的出色发挥，八号高大有些紧张，张萍竟心跳得直想呕吐。就在临出场前一刻，张萍狠狠攥了一把高大的胳膊，高大来不及回头就伴着强烈的鼓点跳了出去。张萍万没想到，像高大这样敦实的男人，居然在场上跳起了太空步！而主持人的介绍就更加离谱："是谁带走了地球的空气？是谁让你感到难以呼吸？是谁让眼前这个优秀的男人泪眼迷离？现在让我们把话筒交给八号！"张萍亲眼看到高大居然真的流出了眼泪。他动情地说："当然是我老婆，世界上独一无二的安妮！"

张萍化名就是安妮。第一轮，他们轻松领先。第二轮，再次所向披靡！每当高大一出场，他的那些肉麻话就像春天里的细雨一样洋洋洒洒，打动了无数台下少男少女的心扉；而装扮得像白雪公主一样的张萍每次出场，更是引起了台下的阵阵骚乱。他们在广大观众狂热地追捧下，配合得精妙绝伦天衣无缝，一度将现场气氛推向了新高潮。第三轮，才艺大比拼。节目要求男女选手同时出场，由男方表演、女方协助完成。张萍眼见其他人亲密无间地联袂出场，表演一个比一个精彩，动作一个赛一个火辣（其中不乏当众搂抱、亲昵、海誓山盟、执手相看泪眼），心里急躁起来。此前他们夺冠呼声最高，难道要眼看优势化为乌有吗？张萍状态正佳，于是在高大演唱到一半时，猛地跳起来用大腿夹住了高大的屁股。"广告之后更精彩！"随着主持人话落，选手们暂时集中到后台休息。桑晓华并没跑到张萍和高大身边来。他双眼通红，满场吼来副导演："不行，节目得改！我突然有了新创意，高大和张萍不是假的吗？咱直接告诉观众有假，让他们猜！场外还可以播打热线或发送手机短信！"副导演听了直皱眉："这能行吗？别砸了！"桑导狠声说："要收视率就得冒风险！听我的！"

在"痔疮一贴灵"广告结束后，主持人突然现身宣布，台上的十对恋人中有一对是假的！场上场下即刻一片哗然。张萍和高大想不到演出发生了邅变，只能在惊疑中随波逐流。话筒在观众席上频繁传递，热线热得导播前言不搭后语，观众猜测最后集中在"一号"、"三号"和"八号"身上。主持人立即造势：假的正在其中！所有观众立时分成了三拨儿，剑拔弩张，拭目以待。最后主持人隆重宣布：谜底最终将由三对恋人亲自揭开！

意外就是在这时候突然发生的：主持人话音一落，三对恋人竟不约而同面向彼此，投入到激烈深情地热吻当中！桑导和整个节目组都被现场震蒙了，他们不敢相信，此时此刻吻得最野最狂的一对男女竟是张萍和高大这对假情侣！他们疯了吗？

现场沸腾起来。

年　关

年关一到，小站四周忽然拥挤起来。

在这个偏远的石镇，小站是最先闻到年味儿的地方了。车门一开，地摊儿一摆，远远近近人那个多啊！拥着挤着下车的，匆匆忙忙赶路的，逛集的，卖糖葫芦的，捏泥人的，挑着早粪下地的，赶着随地拉稀的母猪呼呼啦啦穿街过巷的，排山倒海，热闹非凡。

鞭炮声，吆喝声，吵吵声，讨价还价声，鸡狗叫唤声，娘儿们肆无忌惮的浪笑声，喧响成一片汪洋。

石镇的新年，就是被那些半旧不新的汽车从城里拉来的，是被乡亲们挤出来的，是大家伙儿吆喝吆喝出来的。

和祥就是和那些手提肩扛大包小包的乡亲们一起，被一辆破破烂烂的公共汽车拉到镇上来的。

和祥是个警察。

和祥是从县城临时抽调下来的便衣。临行前局长说了："一到年关，各地方人山人海，小偷公司也到了置办年货的时候了，你们下去时都机灵点，一定要搞出成果，切实让老百姓过个踏实年、放心年！"

和祥热血沸腾地回家换旧衣，妆还没化完，新婚的娇妻就笑得直不起腰来了。时间紧任务重，和祥急得不行，一边将旧衣服往身上招呼一边喊："别笑别笑，你看看还缺啥？"娇妻临别一吻，送他个玉菩萨，深情地送和祥出了门。

　　石镇的治安状况一般，各类案件时有发生，特别年初还发生过杀人案。和祥被分到这个镇子，感觉身上的担子不轻。

　　和祥看似悠闲地逛荡，其实手眼心神时刻如鹰般警惕。

　　俩提大包的外地人下车了，听口音还是东北那旮旯的，和祥眯眼笑笑，袖手跟在他们后面。果然又是卖假长白山人参的！都老掉牙的伎俩了，竟还妄想在石镇欺骗老百姓！和祥蹲在人窝里看了一小会儿，等有乡亲上当了，便低头朝领口的机子咳嗽三声，集市另头的联防队员栓子他们就奔过来了。

　　接着又碰见一位倒假银圆的，三个互相为托儿把包着牛皮纸的苹果肉当牛黄卖的，都是老把戏，可因为他们无耻逼真的表演，仍有不少的乡亲们上了他们的套儿，心甘情愿把辛苦一年挣的钱，白白送给了这些骗子。和祥没有轻易暴露自己，呼来联防队员也假装上套儿，就把他们依个儿铐回派出所去了。

　　时近晌午，收获颇丰。和祥踌躇满志。忽然，和祥前面一个肉摊子处围拢起了云彩厚的人，和祥赶忙上前看个究竟。

　　竟是卖肉的屠户正挥着刀背砍人！地下那人已被劈得屁滚尿流，叫爷喊奶，眼看着血流成河了。原来这人偷扒了女人腰里的钱还乱摸索，恰被屠户逮个现行！和祥见这架势，非出人命不行，急忙挥手插入人群，扯开发疯的屠户，低头查看扒手的伤势并冲机子喊人帮忙。

　　屠户愤怒的刀锋就在腊月正午的日头下砍落，众人只听铮嘤一响，鲜红的血柱喷溅而出，和祥猝然倒地。人群迅速分散开来，冲过来的栓子他们吼着喊着将和祥往小推车上抬。

　　屠户傻了，这些年每到年关被该死的扒手偷怕了，竟错把民警和祥错当帮凶了！屠户醍醐灌顶般地抢过小推车就往镇卫生室奔，一路上人群像他案子上的白花花的肉一般喧哗翻开。

　　都别紧张，和祥没事，就是擦破了点皮肉。那关键处的刀锋和脖子后的玉菩萨接了吻。菩萨归西了，和祥却包巴包巴有惊无险。

屠户叫张其，趁年关进城给和祥送了匹猪后腿。和祥爽然收下，将钱掖进袋子，回送了两瓶白酒。

就这么的，大年夜，和祥一家吃上了石镇最好的猪肉。

负　责

老刘生前，有个特点。做任何事，总喜欢负责。

老刘有句名言："负责有种非凡的成就感，任何一项工作都需要有灵魂人物！"

起先，老刘还是小刘时，接班分进厂里干清洁。老刘有想法，去找领导。领导说，你一无学历，二无特长，还想挑肥拣瘦？

老刘赶紧说，领导误会了，我是觉得厂里的清洁工作有问题。现在搞清洁的三个人，连我在内，素质不高，一盘散沙。原材料多贵啊？您要让我负责，我保证能干好，还能为厂里节省开支！

领导听了，嘿嘿一乐。敢毛遂自荐？好，这个责我就让你负，但我从今天起看你的表现。

老刘就负起个小责。

老刘所在的厂子是家机械厂，生产各种机器配件。老刘一负责，当即任命手下的两个人为组长、副组长，自己任主任。从此并不理会背后的讥笑，硬是头年就为厂里节省废料一吨半，年底成了劳模。

时间一久，老刘不但对车间的旮旮旯旯门儿清，工人业务也学了个大概。赶上厂里那几年缺干部，未出三年，竟被提成车间副主任。

当副主任待遇就高了，工资每月多出二十元，福利也好。赶上工人有个头疼脑热，还能向他老刘敬根烟、请个假。

可老刘还有想法。嘴上不说，夜里却睡不踏实。不行，去找领导。

领导说，看把你烧的，一个清洁员，都提成车间中层了，还闹意见？不愿干滚蛋！

老刘委屈，说，领导有领导的远见，下头有下头的想法，领导如果是位好领导，就请让下边把话说完。

接着，老刘就将把车间一分为二、使模具加工与淬炼定型完全分离，增加企业竞争力和工人积极性的想法和盘托出。

领导被吓了一跳。那时政企尚未分开，领导要想跳出去，缺的就是创新和实绩。老刘撞上枪口了！于是，车间就分了，厂子立马火了。领导也很快被冠以"改革先锋"，升了。

老刘的责，又到了手。

结婚以前，老刘曾扬言将来要在家里负责全盘。可事与愿违，结婚后他只能负责洗盘，两口子就干架，惊天动后，老刘依旧顽固不化，老婆更是寸土必争。最后两人只得签字画押：五百元以上家庭花销归老刘负责，其他归老婆支配。可那时，两口人一个月的工资加起来还不到三百元！

老刘在厂里工作多年，陆续干过车间主任、供销科长、服务公司经理、厂办残疾人福利企业负责人……不管何时何地，走到哪里，老刘对上总是一句话：让我负责！而对下，老刘更是事无巨细，事必躬亲。大到进料卖货、组织培训、来人招待，小到添把桌椅、批包茶叶、买个杯子。

可也别说，老刘虽倔，但因能扎实苦干，负责的地方还真都出了点小成绩。

大家有目共睹，凡一提他，皆是竖了大拇指夸：老刘啊？有魄力！

有一年，老刘出差省城遭遇车祸，右腿被卡在方向盘底下。外地治疗半年多回来，位子就没了。厂长也换了。去找，领导说，先去工会干吧。老刘去了，但又回来了。

老刘说，你让我干我就干，但工会仨副主席一个兵，我还是个残疾人，明摆着不公平。领导皱了眉，这样？那你也当副主席。

老刘还不走。说，那得让我负责，主持工作。领导脸色就暗下来。老刘见状忽然鼻子发酸，有点哽咽地说，我在厂里干了三十年，下来前好歹也是个负责人吧？车祸是工伤，又不是我故意出的，天底下谁愿意出车祸呢？你愿不愿意？老刘指着领导的鼻子问。

领导就出了一身冷汗，说，你想负责就负责吧，但原职级不变！

拄条拐杖的老刘，终于又负责了。

老刘到工会后，并不闲着。别的副主席年事已高，班都不怎么上。可老刘天天拄着拐杖，按时上下班、读报纸、出黑板报，隔三差五组织工人开展书法、象棋等文体比赛。每有比赛，其他几位副主席也被老刘一一喊来，享受一下评委待遇。慢慢的，老刘的威信又上去了。

不久，老刘得了一场大病，卧床不起。自此，厂工会也基本歇业。其实并没耽误啥事，谁都知道。可老刘偏偏急得上火，工友们去医院看他，他逮住问起厂里的事就没完。老婆嫌他"咸吃萝卜淡操心"，老刘当即发开了火："这个家到底谁负责？"

老刘最后一次负责是在半年前。那时老刘刚出院。厂里连发几起盗窃案，想联系公安民警来做几场法制报告，震慑一下。原本厂里安排一名副厂长负责接待的。可老刘听说后火速找到领导说，这事还得让我去，其实我真不是抢功，只是这种事原先都是我负责，现在让别人去，外人会以为我出了什么事呢！——"难道老刘不行了？""难道老刘一把年纪犯错误啦？"……

领导哭笑不得，只好改派老刘全权负责。

于是，老刘就在那次生动的法制报告会上，永远离开了我们。

迷路的女孩

闪海新识的女友汪梅，在一所乡镇中学教书。

汪梅每有晚自习，闪海都要骑摩托车去二十里外的学校接她回家。

接送虽然辛苦，可闪海喜欢汪梅轻轻揽住自己后腰、小鸟依人般的模样。再者，乡下美丽的星空和清新的空气，也常让闪海感到心旷神怡。

饱受爱情滋润的闪海，爱上了这跑夜路的感觉！

可最近，他们俩遇到麻烦事了。

闪海的摩托车，总在半道儿上被莫名其妙地扎胎。

这很要命。摩托车夜路上被扎，前不靠村、后不着店，根本就没法儿修理。两个人摸着黑推车，一步步艰难前行。

那滋味儿，实在遭罪！

闪海就觉得这事蹊跷：为何车总在回来的路上、差不多同一地点被扎？而且扎进轮胎的锐器总是玻璃碴儿或图钉，显然不合常理……

闪海下定决心，非要查个水落石出！

于是，在一个汪梅没有夜辅导的晚上，闪海仍然骑车来到了那个经常"出事"的土坡附近，将车推入小树林，自己委身藏进草丛里。

适值初秋，花草葳蕤，百虫啾啾，月盘朝开阔的野地里散下大片银辉，不远处，溪流在山坳里淙淙流淌。这一切都让闪海觉得陶醉。

但那个可恶的目标却很快出现了！

那是个个头不高、十五六岁模样的女孩，忽然就从野地里奔出来。距离较远，借助月光，闪海只能隐约看到她双手平端一张薄木板儿，鬼鬼祟祟向公路跑去！然后她警惕地四下张望，迅速抖动木板将一些杂物撒落在公路上！

谜底揭开了。闪海禁不住大吼一声："哎，你站住！"随即像头跃起的猎豹，向着女孩方向飞扑过去。

女孩被平空的断喝吓得几将跳起来，丢下木板急忙撒腿就跑！闪海紧追不放。

女孩箭一样钻进玉米地里，没跑多远却忽然被盘根错节的枝蔓绊倒在地，闪海喘着粗气奔上前反剪住其双手，像提小鸡似的将她押了出来。

"说！为什么在路上搞破坏？"闪海气喘吁吁，怒声逼问。

女孩早就哭了，只是没有哭出声，淡薄的月光下，满脸湿亮。任凭闪海怎么晃她、问她，就是不回答。

"小小年纪就不学好！"闪海继续训斥，"知道半路上给车扎了胎，别人多难受吗？"

这时，女孩却开口了："我就是要让他们难受！"一边眼泪汹涌而出。

闪海越发气不打一处来："看来你是故意的！走，我送你去派出所！"

女孩儿听了拼命地扯住草棵，像一小摊泥巴，怎么也拉不起来。

"好，只要说清你为什么这么做，我就放了你！"闪海有点心软了。

女孩一听，哭声忽然开始放大："是你们杀死了我爸爸！你们赔我的爸爸！……你们都是凶手！我要给爸爸报仇！呜……"

闪海感觉讶异，这孩子该不会精神有问题吧？"不许撒谎！慢慢说……"

女孩继续哭喊着："十天前的晚上，大约九点钟，我爸爸，呜……被一辆面包车轧伤了……我拼命喊人，拼命喊救命……就是没有一个人来理我！轧伤爸爸的汽车也逃走了……我喊了整整两个小时，都没有一辆车肯停下来帮我……"

"所以我每天晚上九点钟都来路上撒钉子……我要给我爸爸报仇！他死了，你们所有人都是凶手！……"女孩歇斯底里地怒吼着。

闪海当即愣住！他无论如何没想到，在这弱不禁风的女孩背后，竟有如此凄惨的经历。

"那你现在还上学吗？"闪海试着温和地问。

女孩的哭声再一次放大："我想！可妈妈早就改嫁，我没钱交学费了……"

闪海的泪水一下子冲出了眼眶。"给！"他慌忙从裤兜里掏出两百块钱来，往女孩手里塞去。"先拿着！好妹妹，大哥刚才是逗你玩儿呢！别害怕。"女孩仍旧抽泣着，坚决地摇头。

闪海忽生一计："要不这样，好妹妹，你先拿着钱交学费，明晚大哥我也来和你一起撒玻璃、抓坏人怎么样？"

女孩用瘦弱的胳膊抹着眼泪，将信将疑地接过钱，深深地望了闪海一眼，突然爬起身来跑掉了。

接下来的几天晚上，闪海和汪梅一早就来到那处土坡附近，等那女孩再次出现。可每次，他们的等待都落空了。

闪海直后悔没留下女孩的住址。

站在广阔的星空下，闪海想，但愿那女孩是迷路了吧，她再也找不到这个让她噩梦开始的地方了。

收 获

秋天一到，老陶的院子里热闹起来。

门口是夹竹桃、百日红和大鸡冠子花，开得泼辣；墙角是丝瓜，一路奔袭，出了门外，吊满条条吐着黄芯儿的绿蛇；走廊两侧是青萝卜、小白菜，跃跃欲试，长势撩人；临近门槛，挤满了星星点点迎风招展的"朝天吼"小辣椒；南瓜们则完全占据了制空权，将胖身子在小南屋上肆意舒展；最后剩一棵甜石榴树哪甘寂寞？直蹿得十几米高了，引一伙聒噪的麻雀前来筑巢。

偶尔风过，院子里欢声笑语不寂寞；偶尔雨落，小院里清新舒怡不落魄。秋高气爽，老陶就经常坐在这充实而丰盈的院子里，笑眯眯，乐滋滋，捧一本闲书，沏一壶龙井，直坐到落霞横斜，天光黯淡。

邻居们就羡慕老陶，夸他精细，赞他勤励，羡慕他心态好，赋闲生活过得悠闲自在，趣意横生。老陶也乐得与邻居相交，常打打扑克、下下象棋，关系不远不近，从容和谐。

老陶的小区住得多是老人。这里地处城郊，交通不便，但房子却是村里开发的二层小楼，价格便宜，环境幽雅。对于退休爱静的老年人来说，这绝对是块安度晚年的妙地！

老陶他们就是这样搬过来的。

但也有年轻人来住——老陶在和邻居们打牌时就认识了一位，小陈，三十出头，机灵善谈，学识丰厚，也懂得享受生活，最喜欢往人堆儿里扎，专爱凑老陶他们的场子。老陶他们下棋他就站在一边儿支招，老陶他们打牌他又想方设法入伙。大家都喜欢他，老陶更是格外欣赏，每次打牌总跟小陈搭档，几乎是攻无不克，所向披靡。

老陶听别人说，这小陈可不是个一般人，据说是某家企业的副总呢，年收入突破六位数！就有人当面打趣老陶，说，老陶你过去也是一厂之长，人家小陈才是副总，你挣多少，人家又挣多少？大家同在一个小区里住，差别怎么就那么大呢？

老陶听了，就乐，就说，我巴不得现在的年轻人都比我强呢，这说明时代在发展，我们的日子越过越好啊！

不知不觉，一件轰动性事件却突然发生！小陈于某天被县检察院的警车带走了，罪名是涉嫌挪用公款！过了很久，竟被判了缓刑放回来！一时间，小区人人唏嘘谈传，有人为小陈叫屈，有人为小陈遗憾，也有人说小陈活该！谈论归谈论，人们从此再也很少见到小陈的影子了，更少有人去主动敲开他那扇紧紧关闭的尴尬之门。

等事情渐渐烟消云散，人们又见到久违的小陈，他明显瘦了，脸上颧骨都凸了出来。人们小心翼翼地与他打招呼，他反而主动热烈回应，还跟先前一样去凑合老陶他们的场子。

时间一长，小陈就变成了牌桌上的常客。可曾几何时，老陶却变了脸。每次只要小陈一来，老陶起身拔脚就走，该下的棋立即扔了，没打完的牌干脆一把丢掉。

人们就觉得蹊跷。有人当面质问老陶，老陶啊老陶，人家小陈当官时你和他打得火热，现在遇到麻烦了，你就那么看不起人家？是啊！牌友们七嘴八舌地问。

老陶就苦笑，忽然却正了色道，你们这帮老家伙，小陈人还年轻，一点点挫折能算什么呢？他的路还长，怎么能老跟着我们打牌下棋呢？玩物丧志会毁了人一生的！

人们听了顿觉有理，小陈现下整天没事干，净跟他们这些老头子瞎掺

· 152 ·

和什么呢？

于是小陈再来凑场，所有老人都一齐摔了扑克、推了棋盘，匆匆走人！小陈脸上的嬉笑就忽然僵得结结实实，整个人如一截木头傻傻地戳在了原地。

如是几次，小陈再也不去凑场，心头恨死了老陶！从此见面，总是怒目相对，岔岔难安。

那是一个清凉的早晨，小陈忽听见门响，叫妻子开门。门开了，走进来的却是笑容可掬的老陶。老陶手上满满都是些好东西：肥胖的葫芦、苗条的丝瓜、修长的萝卜、像烫过发的小白菜、救生圈样笨重的大南瓜、一塑料袋探头探脑的小红辣椒、一口袋扎着长辫子的大白葱……

小陈愣愣地迎进院子，不解地望着老陶。老陶笑着说，小陈啊，这些都是我自己种的玩意儿，收获了，给你尝尝鲜。自己下力气种的东西，香着哪！

小陈的眼眶一下就潮湿了，老陶的话似乎让他醍醐灌顶清醒过来。只有脚踏实地下力劳作，才能有真正的收获啊！他一时竟找不到话来开口，只是紧紧攥住了老陶的手。

就在同一天，不知道是经过事先商量的，还是因了老陶感染，小区里很多很多的老人都来到了小陈家里，把自己类似的心意纷纷送给了小陈。面对他们的热情，小陈的眼睛几乎哭成了两只桃子。

这年初冬，小陈重新找到了一份薪水不错的工作。天一冷，小区里人们已经不再外出串门、打牌了，小陈却忙活着进进出出，为各家各户送去了盆盆娇滴滴、红艳艳的百日红。

小陈逢人便说，收下它吧，自己种的可好看啦。

夜半电话

半夜，我忽然接到一个电话。

是个女人打来的。女人在电话里哭着问，是你吗？我好害怕！

我没听出是谁，连忙安慰她说，别怕，怎么了？

女人说，女儿现在正在手术室里，我好害怕！我怕失去她，你知道我有多么爱她吗？如果她出了事，我简直不想活了。

呀，她是打错电话了。

可我的同情心空前地膨胀起来。看看身边熟睡的妻子，我用尽量轻柔的话语劝告说，你坚强点，什么困难都会过去的，相信女儿不会有事！

女人呜咽说，谢谢你，这个世界上也许只有你还在乎我们，你知道女儿最近的成绩吗？她又考了全班第一名！可是她的病，她不让告诉任何人，她不想让老师和同学们来看她。

我说，女儿好样的。

女人听了，情绪似乎稍稍有了些放松。女人说，女儿现在不但学习刻苦，生活上也学会俭朴了呢，不再像以前一样喜欢乱买新衣服，还有，她还知道整理家务了，知道帮我做这做那，乖得像一只小猫，我现在真是一刻也离不开她啊！我说，女儿真棒。

她十一岁了！女人口气变得自豪起来。在同龄的孩子中，她是最高的。像不像你？

我连忙说，不，我个子不高。

我以为这下女人该听出来了，可她仍深深地沉浸在叙述当中。其实，女儿能长一米六五就够高了，你说呢？

我不置可否。

女人的哭泣声小了下去，话语里充满了慈祥。女人说，可女儿再懂事也还是个孩子。前几天，邻居张叔叔给她抓了只鸟，她见了喜欢得不得了！每当我看到女儿和鸟玩耍的样子，我真感觉开心，感觉身上所有的疲劳统统都没有了。

你说，咱们女儿像不像一只美丽的小鸟？女人再次轻声地发问。

我该怎么回答呢？女人究竟把我当作了何人？是远在异地的丈夫？还是未能见面的情人？我开始为自己冒失地应答而感到尴尬。

再者，如此深夜，与一个陌生女人轻言细语，若被妻子醒来听到，岂不是一件很难解释的事？

于是，我选择了沉默。我不作声，是希望女人有所察觉。可事实上女人非但未察觉，反而话语仍像潺潺的溪水一样流淌个不止。

女人说，女儿最怕打针的，你还记得吗？她小时候一听到打针，嗓子都哭哑了。她七岁那年冬天，一天晚上磕破了头，去中医院缝疤，女儿的哭声搅得整座病房楼里的灯都亮了，身上棉袄都湿得透透的。

女人说，女儿在家里淘，可在学校里是出了名的乖。你记得吗，每一次我去幼儿园，去学校里，她都是老师嘴里的乖宝宝，学东西最快，最爱帮助别人，被男孩子欺负了也总是回家才掉泪，小小年纪就知道孝顺老人，爷爷在的时候，她从来都是他的开心果。

女人说，但我还是老担心她长不大，心太善良，怕被欺负。我奇怪孩子为什么长得那么慢？可是这几年来我明显老了，我都成了单位里的老太婆了。有时候我的心情特别糟糕，我就会拿女儿出气，我用尖锐的嗓子骂她，有时候还打。有一次，她把书包忘在外面了，我陪她去找，找到天黑也没找到，情急之下我就打她，打得我的手都麻了，她却没哭一声！邻居们看到了都来劝我住手，可我不知道是怎么了，就是疯了一样地打她，她那时才是个十岁的孩子啊……

我怎么那么狠呢？我怎么那么毒呢？说着说着，女人又开始了哭泣，一点一点，声音不大，却像冬夜凄冷的雨，滴滴下到人心里面去。

身边的妻子不经意地翻了身。我开始心慌意乱起来。女人的讲述和抽泣到何时才是个完呢？我可不是喜欢撒谎的人。这样的情形，不如委婉地告诉女人吧，是她打错了电话，找错了人。

于是，我在女人断续的哭泣中，委婉地进行着解释。可话刚一张口，女人突然回答说，很对不起，其实我知道我们并不相识。实际上，我欺骗了你，我女儿手术失败已经走了两个多星期了。可我实在不敢相信，我无法控制自己，她的父亲和爷爷奶奶几年前就因为车祸离开了，我身边再也没有一个亲人。今晚我是随意拨打了一个电话，想不到竟打通了，是你给了我一个放肆的机会……

我愣住了。想不到，事情竟是这样。女人在电话里说，谢谢你，谢谢你肯听我的电话，而没有很快揭穿我，我真不知道该怎样……突然，不知是那边手机没电，还是她挂机了，电话没有了信号。

我轻轻躺下来，却惊异地发现侧躺着的妻子脸上一片湿亮。我忙问，你怎么了？妻子说，你的电话还是老样子，周围三里远的地方都能听得到。

赌 石

寒风呼啸，雪霰纷扬。

一个人影奔进陈凼教授家中，举起一杯热茶"咕咚""咕咚"喝得正急，突然仰天直喷出去，喉咙里连声咳嗽不停。

手攥菜刀、身系围裙的陈凼，低头从镜片上眺视来人，却听那人急道："陈教授，我是冯致啊！"

"你是疯子！"陈凼冷冷一声呵斥，突然，忒地一声，又乐了，"老冯啊，有半年不来了吧？先坐，我正包饺子，韭菜海米馅儿的！"

冯致大声喘着粗气，"噗噗"吹掉肩头白花花的落雪，上去一把就扯下了陈凼的围裙："老陈，快救救孩子！"

"女儿？她怎么了！？"陈凼两道内粗外疏的眉毛，顿时蹙成一团。"难道你这次来……是为了鉴石？"

冯致低下头去。

三年前，陌生人冯致揣着一块四斤重的石头敲开陈凼的家门，忽然就跪地不起放声嚎哭。原来老冯女儿患上了骨癌，实在没办法，他竟参与了"赌石"！

所谓"赌石"，就是花巨资购买昂贵的玉石籽料，看其外表被包裹的风化层，赌其内质的优劣。一块玉石籽料在切石刀下，有可能出现的是富可敌国的财富，也可能只是一文不值的垃圾！所以又有人将"赌石"称为

"地狱与天堂的游戏"，要想赌准，简直难上加难！

然而幸亏有了三年前的那次鉴石，冯致只花三万元买来的石料，一转手获利竟有八十万！终于凑齐了女儿的手术费用。冯致那次临走，陈凼曾再三告诫他说：'十赌九输'，赌石无异于赌死！医好女儿，就此收手吧！"

年近花甲的陈凼，在退休前曾是某大学地质系教授，早年清华大学毕业，留学德国五年，对岩石研究可谓登峰造极，多年前他就曾创下的鉴石记录至今还令人瞠目结舌：连看六十块籽料，只走眼过两次！

如此的眼光，若肯赌石，亿万家产简直易如探囊取物。只可惜，陈凼眼力奇，性格更为迥异，名声正盛时却忽然宣布"退隐"。三年前的那次，若不是老冯声声血泪，他哪里就肯轻易出山？

经过了那次特殊意义的鉴石，老冯却与陈凼成了朋友，简直就是"生死之交"。老冯先前做过生意，妻子出车祸后，一直与女儿相依为命。陈凼也结过婚，但那是三十年前的事了，妻子没有为他留下子嗣便得了肺癌病逝，从此陈凼一直独自生活。

相似的人生坎坷使陈凼非常珍视与冯致的交情，更是视其女儿如同己出。

这一次，冯致又来求陈凼鉴石。"女儿近期又查出了白血病，要想活命，必须骨髓移植，这一切至少需要一百万！"

陈凼内心悚然。面对冯致拖出的那块巨型石料，心情沉重无比。

"老陈，求求你，最后一次！救人救到底吧……"

陈凼皱着眉问："这块料，多少钱？"冯致垂头回答："要价七十八万。""你哪儿来的那么多钱？""借的！求求你啦，老陈……"

陈凼用力闭上双眼，那个柔弱乖巧的女孩一下子又跳了出来。

陈凼步履沉重地走进卧室，再出来时，手里端起了放大镜。

不过陈凼再一次告诫冯致说："你要想清楚，肉眼的鉴赏，绝非最终的结论！我只是鉴石，是鉴赏，谁也没有十成的把握……"老冯频频点着头说："如果连你也看不准，那就是老天绝人之路了！我相信你，不会看错的！"说话间，冯致浑身竟已汗湿。

半个多时辰过后，老冯终于看到了陈凼疲惫却自信的目光。于是，抱起籽料惊喜而去。

三天后，陈凼正在房间里打太极拳，忽然接到了冯致的电话。电话里的老冯就像个爆竹，在那头轰然爆炸了。陈凼听了沉重地只说了一句话："老冯，你过来吧。"

很快，冯致就怒气冲冲地席卷而至，并将那块纵向切割了的石料重重掼在地上。陈凼盯望老冯片刻，一语未发，最后缓缓走进里屋，双手捧出一块通体泛白、暖壶大小的石头来。

老冯整个人立即惊呆了，他目光所及处是一块上好的羊脂玉籽料！如果这是陈凼的珍藏，想必价值无法估量！

"知道我为什么那么痴迷于鉴石，却自立规矩退出这个行当？"老冯听了摇摇头，目光盯着石料异常僵直。

"三十年前，我和得了绝症的妻子去新疆做最后的旅行，我发过誓，要让她最后的时光充满幸福，准备把家里所有的积蓄都花在旅游路上，让她没有遗憾地走。可这个世界上有谁比她更了解当时的我呢？那时候我正痴迷于鉴石，一心想以此发财。于是当我流连在和田集镇上，盯住这块石头时，她说什么也要从那位维吾尔族大叔的手上花九千元钱为我买下它！她知道我喜欢它。她说，那就是她送给我的最后的礼物……"

"这么多年过去了，说实话我也不知道它的真正价值，当年我还年轻。或许它价值连城，或许根本就分文不值。现在你拿走吧！我只恳求你以籽料卖掉，不要亲自去切开它……"

老冯抬起头来，眼里已全是泪花。

又过了两天，陈凼竟急匆匆地突然找到了老冯门上。"快告诉我！那块籽料你卖了没有？"

老冯先是惊愕，继而沉默，随后疑惑地问："还没有……你后悔了？"

陈凼激动地说："你留下的那块籽料切割方向不对！我让人换了一

个角度重新剖开了，下面不但有玉，还发现了几十条玉虫化石！听说过吗？——'一虫十万'呐，老冯！咱们有钱了！"

冯致仍自将信将疑，却见陈凼将石料从箱子里抱出来推给自己："接着，你看！"

冯致哆哆嗦嗦却并不伸手，盯住了那块石料，突然双手抱头猛蹲下身，嘴里赫然发出一声长叹！

"老陈呀，其实女儿没病……"

老人与空气

老人就钉在楼下的椅子上。枯木一般，闭着眼，袖着手，几乎永远是那个姿势，未见其动过。椅子是张旧年的紫木藤椅，油漆斑驳，四肢倾斜，只有浑身复杂精美的雕刻还显示出它昔日的尊贵。

老人是楼上一对中年夫妇的爹。准确说应该是中年男人的爹。因为每天都是男人按时为老人送下一日三餐，从没见过女人的身影。

老人自前年失去了老伴儿就被唯一的儿子接到城里来了。城里人住房拥挤，楼层一座比一座高，间隔一座比一座小。儿子一家三口住了一套一百二十平米的楼房，两厅三室。老人来城里后只上过一次楼，围着儿子布置好的房间转了一周，又无声地下楼了。

女人说："爹年纪大了，天天爬楼可不行！万一我们都不在家，他自己上下楼出个好歹可咋办？"

男人自和女人结婚后很多事就不知道该咋办了，男人说："那你说咋办？"

女人就主动拾掇出旧铺盖扔给男人，说："把楼下储藏室收拾一下给爹住吧，没别办法。"

隔日，男人就请来了几位泥瓦匠，他们磨蹭着喝了几大碗茶后就猴儿似的蹿上房顶，敲敲打打鼓捣出一阵铿锵的碎响。老人就站在房下望了眼看，头仰得很吃力。

打那以后，老人就住进了楼下的储藏室。老人费力地搬张椅子出来晒太阳，竟成为院中一景。迟钝的老人终日不发一语，却每天都端坐在人们的视线里。老人做得最多的姿势就是长久地微微仰头望向空中，似乎正与空气做着什么交流。老人确实老了，满脸的老人斑，皮肤松弛皱折，与干涸的河床一种颜色。老人在椅子上一坐就很少挪窝儿，常常在太阳下浅睡过去，直到有人或重或轻地走过，老人才张开眯缝的双眼，盯了路人的脚看。

那双最小的足球鞋是老人孙子的，全院属他最小，可他从来没让老人抱过；那双火红色或奶白色的高跟鞋是儿媳的，她向来很敢打扮，口红、吊带、超短裙、烁光丝袜经常往身上招呼；那双迈得最轻的一定是儿子，每次都是这样，他走得那样轻那样轻，仿佛他二百多斤的体重变成了一团棉花，总让老人风平浪静的心一次次惊醒；还有些更多的脚，比如偶尔朝他微笑过的老李、老张他们——老人也都能逐一分辨出来，大都急火火忙匆匆，踩得路面的石子沙沙作响。

有时候老人也起来活动活动，有几次他趴在楼下的大铁门上瞅那些电话似的摁键，摁键一侧还有个闪亮的探头。老人觉得跷蹊，摸过几次，当即有人在话筒里骂了，将老人吓得不轻。后来儿子和儿媳特地下楼找过老人，临走儿子单独教会了老人使用公共安全防盗门的方法。

老人却再没按过门键。他只是看见很多人手中提着大小礼品在那些按键上执著地摁着。偶尔会有人问他"李局长住哪家？"老人开始没反应过来，后来来人很详细地解释了，老人才弄清楚他们要找的其实就是自己儿子对面的老李家。老人不说话，只用手指比划，然后看他们依次进楼下楼，后又消失在朦胧的夜色里。

一个突如其来的雨夜，老人看见几个警察在居委会老沈的带领下，用钥匙打开防盗门闪进了楼洞。不一会儿，楼上传来撕心裂肺的哭叫声，有孩子的有女人的。

老人看见老李被警察带走了。老人好几天都没再出门。老人想不通有那么好人缘儿的老李怎么就叫警察带走了呢？听儿子跟别人扯谈说，老李的问题很严重，可能这辈子都得在监狱里呆着了。老人不怎么信，平时和他微笑的不多的人中，老李可是最感亲切的一个啊！老人就在漫长的时光里继续苍老下去，以至于后来大脑渐渐空白。每天该吃吃，该睡睡，很有些痴呆状了。

忽然一天，老人低垂的眼帘前停驻了一个人影儿。老人慢慢张开眼，觉得这人熟悉，可又不像是自己的儿子。

站着的人笑了，问老人："还好啊？身体不错吧？！"

老人听不清楚，耳背了。

来人说完就自顾自地上了楼去。

后来，那人就经常下来陪陪老人，老人终于明白他就是老李了。老人有时候经常纳闷儿一件事，为什么别人那么怕进监狱呢，老李在监狱里的故事不都挺有趣吗？监狱多好啊！

这成为老人死前对着空气思考过的最后一件事。

名　单

单位人事变动。说得好听，名曰："分流"，其实就是下岗。

一时间，人人像被掐住脖颈的鸭子，惶惶不可终日。

国专在这单位里，只是个一般人物，提拔也不过是最近的事。可他万万没有想到，这一次，领导居然把拟定下岗人员名单这样的重大任务交给他！

起初，国专有些受宠若惊。以为自己走运，拥有了如此巨大的权利。可他转念一想，忽又恍然！

好事还能轮得到他？像这样得罪人又难见成绩、既费力又不讨好的事情，领导是不可能出面的。他一个新人，他不下地狱谁下地狱？

只几天，就有人找上门来。

送礼的，国专哪里敢要？可不要，人家险些拖家带口地下跪。本来都是不错的同事，这是怎么说的？国专就一再解释，他只是负责草拟名单，而究竟谁走人最后还是要由领导来定。来人不听这套，软中带硬地说，那主任你就不要把我们的名字草拟进去嘛！

更有甚者，半夜三更往家里打电话。

喂？国主任吗？我们是黑猫、柱子和大栓！兄弟的下半辈子就靠你了，以后遇到什么麻烦用得着咱们，说一声，保准替你摆平！

麻烦？你们就是以后最大的麻烦！面对这些刺儿头的恐吓，国专的头都大了。他只能再一次重复白天的解释。不料话没说完,那边就把电话挂了。国专因此愁得走路都不敢抬头,又不能扔挑子不干,只好拿着老婆孩子撒气。老婆一气跑回娘家,国专又只好低三下四去接。

不过,岳父母倒好脾气,好生劝慰国专:两口子谁不吵架?但得讲个道理嘛!说说,遇到什么难题了?国专抬头盯着岳父的一脸褶子,就把事情一五一十地说了。

谁料岳父听完哈哈一笑,一边亲自去厨房洗了枣回来,一边对国专说,我还以为什么塌天大事呢?简单!国专听了大喜,忙问,爸,你有办法?岳父说,先吃枣,我叫你二姑专程从德州捎来的呢。国专哪有心思,还是一脸焦急地等着下文。岳父就说,先吃枣嘛!你看这枣,有个儿大的,有个儿小的,有红得耀眼的,有青得发亮的,就好比你单位的人,啥样的都有!

这开场白好!国专被吸引住了。

岳父笑着说,这些枣,看着顶好,可突然要择掉一些,选谁呢?通常方法有这么两种:一是反向淘汰法,即不能择掉的都是哪些呢?除了不能择掉的,就是能够择掉的。二是优胜劣汰法,这也是大自然最规律最科学的淘汰法。

但是,岳父说,通过你刚才介绍的情况来看,单位上人太多,你对同志们又都很有感情,想必今后还想树立更高的威信,那么你只能使用第二种方法,优胜劣汰,合理公正。

可我这样做一定会得罪一大批人!甚至招来横祸!国专失望地说。

哪能!岳父依旧微笑着说,关键就看你怎么操作了。见国专还是一脸雾水,老人问,你们单位准备淘汰多少人?

二十五个。

那你们核心层领导共有几位?

五位。

好,那咱们开始。不务正业又缺乏事业心的人有多少?

这个我真数过,差不多有十三四个。

那你不妨再把那些给你送礼、求情、递条子、打恐吓电话的人也算上，应该差不多了吧？

国专皱着眉头仔细一数，说，也有十几个！

别急！再加十个，凑足三十五人。这就是你的草拟名单。岳父的脸上闪现着狡黠的笑容。

为什么？多拟十个人？国专大感不解。

对头！岳父自信地说，道理再简单不过，你得让五位领导每人都有一两个调换的名额！你还得给被淘汰人员留下一定起死回生的希望！

国专听了，猛地将巴掌拍在大腿上。太绝了！我怎么就没想到？这样做既让领导会心满意，又给了自己和别人一条退路，真可谓一箭双雕！

国专此时已经对岳父佩服得五体投地，但他仍有不甘地问，这样做，会不会最终留下了不该留下的人，有失公平？

岳父有片刻的沉思，然而紧接的回答让国专更加钦佩：

什么是公平？既然人人都有机会，能否抓住命运就是自己的事情了。就像桌上的这盘枣，红皮儿的好看，但大都有虫，招呼客人不能不用，又不能全用；青色的不雅，却味道甘甜，正适合品尝，只有两者掺拌其中才能凑成一道果盘！更何况，你又怎么知道有人不会从此改变呢？青枣经历了日晒，也能变红的！

从岳父家出来，国专就像一只氢气球，轻松得要飞起来了。

儿　鸽

老朱病了，床上一躺就是半个月，起因是为一只鸽子。

老朱是两年前从公安局装备科退休的。赋闲后，一次去市里办事，路过广场看到有人正在放鸽子，更有年轻人给他发传单、递名片。原来，这是市里的信鸽协会在举办活动。

老朱起初没在意，可坐在返程的公共汽车上无聊时，再次掏出了那些宣传材料。看着看着，忽然乐了。儿子正上大学，老伴天天练舞，自己又不爱琴棋书画，自打退休后，一直闲得胸闷，何不养几只信鸽玩呢？

说干就干，老朱专程去市里买了幼鸽，加入了信鸽协会。回到家就开始整日与鸽子们为伴。老伴见了半是喜悦半是挖苦，说真是武大郎玩夜猫子——什么人玩什么鸟，这把年纪了才想起养鸽子？哪跟学人家养养鹦鹉画眉的多好？老朱蹲在地上头都没抬，说你扭你的胯子，我养我的鸽子，再胡说小心我放了你的鸽子。

老伴听了摇头直笑，打电话给儿子，儿子破例严肃地批评老朱，爸，养鸽子太不卫生了，你把家里弄得乌烟瘴气，我可没脸领女朋友回去，再说要小心禽流感，老年人免疫力下降你就不怕？

老朱心说，老子现在还不老！可话到嘴边，没说。只好与儿子约法三章，既要搞好卫生，又要做好防疫。

老朱是个外粗内细的人，当警察时几百号人的服装器材管得头头是道，养起鸽子自也不在话下。很快，老朱的幼鸽翅羽丰满了。老朱先是骑摩托车带它们到野地里放飞，然后掐着时间赶回家给报到的鸽子们排序。后来老朱就带着自己的优秀选手去市里参加比赛，虽然从没拿过好名次，但每次放飞时，老朱都感到前所未有的放松。老朱常常想，自己年轻时忙这忙那压力天大，老了没想到竟在鸽子身上发现了乐趣。鸽子轻盈地飞过蓝天，也带走了他的烦恼和忧闷。

一年后，老朱已算个信鸽行家了。有次回老家串门，听说村人上坡时，见半空一只鸽子与老鹰厮斗，其情景遮天蔽日。最终鸽子被啄瞎了眼睛但逃脱了，村民在树林里捉到它时才发现那是一只信鸽。

老朱立即起身去那户人家。结果发现，眼前的鸽子站姿水平，体态健硕，用手指抵在鸽腹下几乎感觉不到心跳或心博，虽眼睛瞎了，但用食指按住鸽头能明显感到它的瞳孔在有节奏颤抖。一切的特征都在显示，这是一只长距离鸽。信鸽标签上还写有大串英文字母，老朱统统不认识，只知道那个符号"♀"表示它是只雌鸽。老朱满心欢喜好说歹说地买了下来。

后来老朱上网一查，发现信鸽竟大有来历，是一只有着百年历史的"英格兰北部信鸽协会"的鸽子。品种优良，血统高贵，名叫"Anna"。老朱从此精心喂养，目的只有一个：让伤愈的Anna做种鸽，彻底给老朱的鸽群更新换代。

老朱对Anna照顾周到，Anna也没让老朱失望。不过仨月，Anna就为老朱添了两群新鸽。老朱的付出也很快赢得了一展身手的机会。在接下来全市举办的一次远程500公里信鸽放飞大赛上，老朱精心挑选的唯一鸽手"微星"以458分钟的成绩排名第一！微星返巢时，眼皮上结了厚厚的伤痂，老朱想到它又饿又累，冲破突降的寒流和大风取得了胜利，激动地捧住它亲了又亲！

Anan死后不久，微星成为了老朱的精神支撑。然而，意外发生了。就在最近一次规模庞大的放飞大赛上，微星突然莫名失踪！直到比赛结束，依然音讯全无。老朱心疼得直抖。其实，气候突变、受伤疾病、天敌啄食、同类吸引，常会导致信鸽丢失。可老朱还是难以接受，很快病倒了。

老伴拿老朱没办法，除了天天陪着打点滴，还给儿子去了电话。儿子一向粗枝大叶且正忙毕业，浮光掠影地问几句，便将自己的规划和盘托出。原来，儿子和女友受女方家里支持准备出国留学。老伴一听就慌了，老朱能为一只鸽子病倒，现在儿子竟要出国？于是，要儿子赶紧回家从长计议。

儿子回到家，老朱已和老伴整了满满一桌菜。儿子见老朱气色不好，一问才知是因为一只鸽子。正吃着饭，儿子突然放下碗说，爸，我决定不走了，在哪都是学，都能出息人！哪料老朱也将碗一推说，去吧儿子！出国这事我压根就不会阻拦，只是你们不能瞒着我。儿子听了喜出望外，真的爸？那我到了国外也养只良种鸽子，我要让它成为横跨欧亚大陆的信使！

儿子走后大半年，越洋电话开始频繁。每次总不忘问，我在牛津养的鸽子飞回来了没有？老朱每次都摇头说没。直到有一天深夜，儿子打电话回来时，哭了。老朱擎着话筒沉默良久，没问原因，却说了两句意味深长的话：别忘了，你是警察的儿子。还有，咱们的鸽子飞回来了。

绝缨会

一管竹笛，清婉悠扬，似从天际云端中生，又似从楼外驿道间来。在那个闷热的黄昏，就那么丝丝缕缕地撩拨着我寂寞无依的心。

"吧嗒，吧嗒"，随着一阵马蹄声的临近，笛声隐了。透过窗棂，我看见一个英俊少年独坐马上，左手持剑，右手执笛，襟袖翩翩，白衣胜雪。

他仰起头，用一双含笑的眸子捉住了我，惊疑中带着一些放肆。呵，又是一个被我美貌迷醉的男人。

可不知何故，这一次我脸上竟烧得厉害，胸口也"咚咚"地跳个不停……

不久，有个自称唐狡的人，只身前来提亲，遭到父亲的拒绝。我隔窗一瞧，心急得差点跳出来——是他！

转身跑上阁楼，痴望唐狡的背影远去，我怅然若失。

不料，唐狡刚走，又有一个人经过我的窗前。这个人浑身血污，铠甲残损，发髻凌乱，布满血丝的一双大眼，似乎要撑出眼眶来，身下的赤鬃马一瘸一拐，狼狈不堪。

他的落魄，激起了我的好奇。我启窗张望，不料正与他四目相对！

"姑娘，可否赠口水喝？"他粗犷的嗓音震得我耳朵生疼。我慌乱地指指楼下，让他去求我父母。

没想到,这竟是我一生中最致命的错误。

坐在昏暗的阁楼上,我能清晰地听到他地动山摇的大笑,和父母亲一连串唯唯诺诺的应答。

之后一天,突然有很多人携金带银闯进家里,把我用轿子一路抬进了郢都。原来,这个求水之人就是被斗越椒射伤了的楚庄王。

我成了楚王的一名嫔姬。可我却憎恨这个浑身是毛、敏感多疑的家伙!我的心早已许给了唐狡。那个英俊少年,才是第一个走进我心里的男人。

我以为这辈子再也见不到唐狡了,谁料在那座石桥附近,当所有人的目光,都集中在对射的养由基和斗越椒身上时,我却意外地发现了唐狡。是他,他就挺拔地站在浩荡的护国大军里,地位卑下,但气宇轩昂。

我试图一步一步靠近他,再看一眼他深邃的眸子。可他面对我灼热的目光,竟低下头片刻也不敢回视。我的心,彻底坠入冰窟。

斗越椒被养由基一箭射穿了头颅。楚王终于平定了叛乱,天下大赦。楚王急命各路将臣齐集郢城大殿,开怀痛饮,尽情笙歌。直到夜半风起,皎月高悬。——终于,楚王让我这个举国最美的女人出场,为将士们斟酒助兴。

这一刻,我等得好苦!我要亲口问一问唐狡,为什么迟迟不来娶我?为什么不敢正眼看着我的眼睛?

纤指微弓,莲步飘移,歌吟轻狂,笑靥彤红。大殿上所有男人都已为我痴狂。凡我过处,谁人不醉?

唐狡,你呢?抬起头来,正视我的眼睛!懦夫!你为什么不敢?我正要含泪质问,一阵夜风忽然吹灭了大殿所有的蜡烛。

天可怜见!此时,千言万语又怎抵得过片刻相拥?唐狡,抱紧我!

我的拥抱就像撞击在一面冰冷的墙上。那堵厚重的墙,将我生生推出一个趔趄!伴随我跌倒摔碎的,是我那颗滚烫的心。

攥着手中不知如何扯下的一缕红缨,我凄惨一笑,厉声说:"大王!有人趁黑非礼我,我扯下了他的盔缨,快点起蜡烛砍了他的脑袋!"

孰料，楚王听了，只是一阵狂笑："所有人都摘下盔顶红缨，为战死的将士干一杯！"黑暗中，铿铿锵锵，筹杯喧响。等烛光再次点亮，只见满地的红缨如血！

我双眼迷离。再看唐狡，他，竟颔首枯坐，像一尊冰冷的石头。我瘫倒在大殿之上……

两年以后，楚王倾兵攻郑，陷入重围，甚至已有人杀到了我的车侧。突然，一个人从斜刺里杀将出来，以一对十，锐不可当，只率领百十号兵甲，不但救出了楚王，且一直杀到了郑国城下。

望着那个熟悉而又陌生的身影，我能感到浑身的震颤。是他，只有那个曾在郢都大殿趁黑把我推出怀抱的人，才能如此勇猛！

楚王发誓重赏唐狡。我的心，却猛然像被一只大手攥紧了，生疼生疼。隔着帷幔，我抽出鞘中的匕首，放眼望去。

楚王发话："唐狡，你无论要什么，我都答应你！"唐狡连连叩首："大王息怒！我就是两年前在郢都大殿，非礼许姬的人！微臣无以回报，唯愿拼死效力！"

楚王听完，爆出一阵大笑。那声音在我听来，却抵不过我心头的一声轻叹。揽镜自怜，我倾国容颜，毁于一旦。

青天恨

香　菱

　　女人走进庙门的时候，被门槛绊了一跤。凭空直摔出去，香纸散了一地。风一吹，那些灿灿的帛纸就如生了翅膀的蝶儿，在庙堂里四散飞扬，将一个冷寂的佛堂搅得有些不安分起来。

　　女人大慌，急忙收拾停当，双手合十，跪在佛前。一双好看的杏眼早已泪如泉涌。

　　女人垂首向佛，咿咿低诉：罪孽啊罪孽，我该怎么办？一切但求佛祖保佑！

　　佛祖高高在上，仪容威严。女人说完仰起湿亮的面庞，乍见佛像不怒自威，吓得"扑通"一声跌坐在地，泪花簌簌敲起汩汩烟尘。

王监生

　　静坐窗前，男人目光迷离，夜风将桌上的线书吹得劈啪翻响。

　　酒尽灯残，屋内静得有些寂凉。突然，叩门声像一盏烛火点亮了男人的眼睛。道长快请进！

　　一个鹤发童颜的老道推门而进，男人忙起身让座、斟酒。待老道喝完第三杯酒时，男人又从厢房里拿出了几锭沉甸甸的银两。

　　老道捻须而笑，监生虽厚礼相待，但恕我直言，近期并无功名可图。

　　男人忙陪了笑道，我不求功名，只求道长为邻家佃户算上一卦。只可说他近年在家必有祸患。还请道长一定给我这个薄面!

老道听后沉思片刻,说,那请监生放心,我一定照办。

老道走后,房门"吱呀"一声合拢。男人才发觉后背湿漉漉地升腾起一片凉意。

宋县令

宋县令的轿子每次通过那片热闹的街衢,人群里总要引起一阵骚动。在仙游,宋县令名号可谓家喻户晓、妇孺皆知。

半城儿歌里都是对宋县令功绩的称颂。人们亲切地称他宋青天。

宋青天清正廉洁,铁面无私,为仙游百姓断了不少积案难案现案,以至于美名远播嘉兴。

可就在这天晌午,宋县令的轿子没走几步,突然被人截住了。

宋县令眼前跪者云集。一个腿脚沾满泥巴的汉子被人推搡出来,立足未稳,说话倒是流利。报告青天大老爷,我在北坡锄地,口渴到井里打水,不想在里面发现一具男尸!

请青天大老爷明查!人群呼声如沸。

宋县令深感案情重大,急忙传人认尸。尸体早已高度腐败,但村人纷纷指认死者就是村南佃户李下!

很快,就有人将另一隐情报告上来。城中王监生素与邻居李下之妻香菱偷情已久。而李下已失踪达半年!

宋县令拍案而起,心中似有一团烈火熊熊焚烧,恨不能立即将淫娃荡妇一双凶手千刀万剐!

一番质问与重刑,二人当即签字画押。宋县令铁笔一挥,正要命人推出去斩首,忽然发现女人右手臂上有两块铜钱大小的胎记!宋县令只觉眼前一花,二十年前的往事倏忽而至。

香 莲

二十年前,莫愁湖畔。女孩为秀才划船,轻舟在莲花中穿梭。女孩的笑声像湖水上空的水鸟起起落落,女孩的小手像一小截白藕,在水花里荡漾闪烁。

突然，一只大手抓住了这截白藕，女孩没有惊叫，却拼了命地挣扎。无奈船儿太小，只是一瞬，船刷地一声翻进湖里！

仰仗水性，女孩在湖心用尽平生力量，才将吟诗纵情、轻薄自己的客人救起。近处望着秀才苍白的面容，女孩的脸像在湖心绽开的一朵雏荷。

秀才留在了莫愁湖畔，读书著文。直到女儿香菱呱呱落地。

秀才永远也忘不了那个莫愁湖被薄雾笼罩的清晨，女孩偎在他怀里，女儿伏在女孩怀里。女孩说，女儿的手臂上有两枚铜钱胎记呢，看来会嫁个有钱人家！秀才听了直笑，并在漫天的幸福中，酝酿下一次赶考。

李　下

李下出了仙游，才发现外面的世界无奇不有。

而且，只要肯动脑子，谋生倒也不难。

李下先是在一家酒肆打工，后来自己就盘下了酒肆。李下卖酒从不掺假，酒气芳洌甘醇。他常是卖半天的酒，自己倒要醉上整整一天。

和风吹荡，李下开始思念起自己的女人。他决心要把香菱也带到这个多雨的南方小镇上来，一起经营这家酒肆，安享天年。

李下带足了盘缠，一路逶迤返回仙游。喧闹的街头上正在乒乒乓乓演戏。李下随意听闻几句，竟被猛然钉在了原地。

他听到台上一个莲步轻移的女人名唤香菱，而那个和她眉来眼去的男人竟是隔壁的王监生！最令他吃惊的是，二人终因合谋杀害自己而被宋青天斩首示众！李下看得心惊肉跳，情不自禁大呼救人！喊声使人们从剧情中醒转过来，一时间台上台下大乱！

一场初夏的疾雨，铺天盖地呼啸而至。

结　局

那出戏仍在坊间传唱不止，只是再也不是从前的结局。

宋县令被斩首的那个秋天，仙游人将戏演到了京城。

李下站在城墙下，目睹了那场轰动朝野的演出。饰演李下的戏子唱到高潮处，举止悲愤，声泪俱下，把最末一句"寄言人间司民者，莫道官清胆气粗"唱得荡气回肠！

城下李下，涕泪滂沱。

礼 物

我这辈子，估计上辈子和下辈子，统统加在一起，也没见过比刘姐更热心的人。

刘姐在局里干过指挥中心、派出所、经侦、治安，可无论她在哪儿、干什么，但凡你找她办点事儿、帮个忙，她没有不给你掏心掏肺地忙活的。

哪怕这事儿不归她管，八竿子够不到，她给你那个下力劲儿，都让人感动得不行。

这些年，常听有同事和朋友发感慨，说自己哪天随口跟刘姐提起的某件事儿，自己都忘得一干二净了，刘姐却给忙前忙后地办妥了。

刘姐的热心还不止对同事、对朋友，也包括对待同事的朋友、朋友的朋友，甚至是陌生人。

有一次，一个多年不见的同学联系到我，让我帮他一个在县城卖水果的亲戚办个暂住证。这事儿好办，又不违反原则，我就带着他亲戚——一个干巴老头儿，去了刘姐当时所在的城区派出所。

刘姐那会儿正忙得焦头烂额，但二话没说就领着人开始忙活，一直到把证件办好，还把人送出老远。

我原以为这事就这么过去了，哪料很久以后才知道，老头儿竟跟刘姐成了铁杆儿。

原来，老头儿见刘姐穿着警服，当着办公室主任，却丝毫没架子，说话就像自家人，于是以后办事就越过我同学和我，直接跟刘姐打交道了。

可交道打了半年多，老头儿感到挺迷惘：每次找刘姐帮忙时，刘姐都很热心地操持，临走还不忘关心嘱咐他几句，让他心里很暖和，可平时偶尔在马路上遇见了，大老远想给刘姐点水果尝尝，刘姐偏偏一头雾水状，并坚决推辞，似乎压根儿就不认识他。

这是咋搞的？

其实，很正常。刘姐实在是太忙了。人到中年，上有老下有小，中间还有个娇贵的同行老公，工作千头万绪，自己业余还喜欢舞文弄墨，每天又得给难以统计的朋友忙前忙后，她这是典型的"选择性遗忘"。

刘姐的热心，还常常出人意料，甚至匪夷所思。

我刚参加工作那会儿，跟刘姐还不熟，每次遇到了，刘姐都会主动打招呼，而且猛不丁给我点惊喜：

"弟弟，我早上包的粽子，待会儿给你拿到办公室去尝尝。"刘姐不是客套，一会儿她准拿着粽子去办公室找你去了。

"有女朋友了吗？没有？那我得给你打落个好的！"不是敷衍，过不了几天，刘姐就把几个姑娘的档案记下来私下里透露给你了。

"哎，孩子多大了？我晚上给她织了顶帽子，下班时来拿。"这是我有了宝贝以后。

"快过六一节了，我给佳佳买了件裙子，女孩儿都喜欢公主裙！"这是女儿稍大些的时候。

"那种病，小事一桩，男女都有，少吃辣，少喝酒，我过几天给你打听个方子……"这是刘姐得知我得了痔疮后的安慰，没几天她就给打听了方子抓来了药。你要是以为我跟刘姐特别亲近，或者她特别欣赏我喜欢我，所以才这样关照我，那就大错特错了。说实话，刚开始我也有过这样的错觉，有些不习惯，可时间一长就知道了，压根儿不是这么回事。

全局上下，恐怕没尝过刘姐厨艺的人很少，没收过刘姐礼物的更不多，特别是那些年轻民警的孩子们，更是很少有人没穿戴过刘姐靠挤时间一针一线打出来的帽子、手套、毛衣……

你说刘姐她哪来的那么多热情？你说刘姐哪来的那么多精力？很多时候，她对你和孩子的关心，甚至都能超过你自己！

我还做过一件让刘姐难堪的事儿。

有一次，我一个表叔和外甥女来办户口，正赶上下班时间，而且办理户口迁移手续复杂，工作人员要他们隔天再来。

可表叔不干，一来他刚从某局局长位置上退休，感觉很没面子；二来外甥女还想返回异地。于是，口气有些着急。民警无奈，只得说："这事儿今天确实办不了，除非是局长来。"

表叔一听更气，这不是埋汰他吗？岂不知对方说的是自己的上司。

气归气，表叔还是找到了我，把其中过程隐去，只说要我帮忙。我推辞不掉又走不开，便联系了刘姐帮忙，结果事情居然就成了。

直到大半年过去，再见表叔时他说起这件事儿，夸我既能干又有人缘时，我才恍然大惊，这一切可都是刘姐的情面啊！

而且后来我还意外得知，那天办手续的民警家属遭遇了车祸，正急等着下班往医院赶！可刘姐的出现，让实在人无法拒绝。

为这事儿，刘姐背后还受了说道挨了骂。

最近一次，上级要给刘姐一个"和谐之星"的荣誉，要求上报事迹材料。等她把材料写好了，我左看右看觉得太平。刘姐要我修改，我却又一时无从下笔。转头间，我看见刘姐女儿要她修改的作文本放在办公桌上，随手翻动，看到这样一个故事——

刘姐异地出差，办案多日归来，女儿嗔怪妈妈对她照顾不上，弄得刘姐黯然神伤。这时，刘姐从包里掏出一个玩具递给女儿，虽然普通，但女儿还是很惊喜！

可当女儿拿着玩具，去楼下小超市里买零食时才发现，那玩具就是刚从这里买走的，屁股上的标签都没来得及撕。

仿佛一下懂事了的女儿，悄悄的，没有把这事说破……

这故事，看得我眼泪直打转。我甘拜下风，如此真实的精彩，我写不出来。

旧　账

大年二十八傍晚，街头仍然熙来攘往。

隔着纷乱的肩膀，大老远，就见李所长站在街边的法桐树下。

李所长还是李所长，多年不见，魁伟的个头，壮实的身板，笔直的腰杆，花白的短发，一点都没变。

只是站在寒风里，身上穿着十年前那件熟悉的灰外套，脸上一副无奈又孤单的表情，让他看起来很有些失意和落寞。

这一刻，我想起了廉颇。

我点燃一支烟，并不急于走过去。虽然我知道，他在等我。

烟雾缭绕间，时光呼呼地，仿佛回到了多年前。

他曾是我工作后的第一位领导——当时的看守所所长。

他曾为审犯人三天三夜不吃不睡；曾只身制服过三个扒手；曾喝烧酒用白碗、吃面条用木桶、吃羊肉用脸盆；曾带领一群平均年龄接近五十岁的民警争创全国一级看守所，获得过县局监管领域的至高荣誉……

可同样是他，从看守所长的位置上退下来后，成为多年来的众矢之的。

有人说他领导无方，跟他拼死干了多年，最后一片虚无；有人说他贪污受贿，曾在某小区订购过一套豪华别墅，临支首付时怕暴露才退了房；也有人说他占尽公家便宜，肆意花销公众钱款，让自家亲戚受益后连白条都不打……

老实说,老人在还是所长的日子里,对我不薄。

他文化不深,当年发现我在写作,或得知我发表了文章,他总是打内心里高兴。对我的外出培训、参加笔会,也总是相当支持。

而对每一位"时刻戴着半只手铐"的监管民警,他严父样要求苛刻。他用来凝聚人心的唯一方法,永远是喝大团结酒——一家人除了值班者留守,全部拉到路边小酒馆里,统统来个一醉方休。

别说,在那种年代,酒的确是最好的润滑剂和强心针。我曾亲眼见过李所长站在桌前,用瓢大的白碗向大伙连敬三碗老烧,嘴里是常说的那句:"都打起精神来,站好自己的岗,没得说!"

受他影响,当时的我们,就连两名女民警在内,酒量都得到了最大程度的开掘。那是一段单调闭封、安定团结又狂放豪迈的日子,那是一段不经意打个饱嗝,酒香和欢笑还能氤氲到十几年后的时光。

一切,起源于那笔旧账。

当年的看守所,因为某些历史原因和偏见,云集了局里的年老者、病弱者、懒惰者、无能者、错误者,若不是因为升级达标考试,我们几个小年轻也不会一毕业就进去。

怀着一腔热血,乍一被关进去(安排进高墙内值班),我们都很沮丧。可偏偏有人还说风凉话:"叫你们赚了,那里福利多好啊!"

福利好吗?什么福利?

原来,看守所羁押人员种类很多,其中有部分人可留所劳动改造。安排他们干点插假发、投山楂籽之类的手艺加工活,可以创造经济价值。

于是,民警有了福利。

这种福利前几任所长是怎么分配的,我不清楚。我只知道,自打我们归在李所长手下后,远远不是外界传言的那种程度,甚至就连叫人羡慕的资格都没有。逢年过节,买斤鸡蛋、批包粗茶或分袋红糖、发瓶白醋,每月解决二三十块钱的电话费,偶尔出去喝场大团结酒,总共就这些东西。

比起其他单位，我们没觉得腐败，但是也够知足。

那一年，李所长外出联系了一项改造项目，让部分留所犯人加工苹果套袋。干这活儿仅用纸和胶水，安全系数高，服刑人员也乐于参与。于是，开工。没想到，这活儿当年很稀缺，盈利可观。很快钱挣下了，所里决定干脆花大价钱购买机器和纸张，长久干下去。

为购买机器，李所长破天荒要求民警集资，每人一万。盈利用来改善监管设施、在押人员伙食和民警福利。

眼见大批的纸袋运出去，众人的希望也一天天鼓起来。

令所有人大跌眼镜的是，大伙没等到分红的那一天。没多久，人事调动，李所长退了。临走大家眼巴巴地等待分红无果，竟连本钱也没拿到。

这下麻烦大了。钱没收上来！那些本钱可是个人的血汗钱哪。

有人郑重警告李所长，无论贷款也好、借款也罢，还是赶紧出去要账，总之得先把个人的钱给还上！

可李所长出去要了一圈，两手空空回来，各人只得分了一张白条散伙了。

从此，李所长家里再没消停过。昔日的兄弟姐妹上门本是好事，可统统是来发火撒气索债的，老婆也因此跟李所长翻了脸打破了天。

有太多人都想不通。李所长为啥不贷款借款，把这些私人帐先结了？公家账自会有后继者接，可私人帐是没人肯认的。他傻吗？

李所长退了后的这些年，据说常年在乡下老农手里抠帐，家境窘迫。女儿、儿子大喜时，老部下居然一个都没来……

我弹掉烟蒂，走过去。李所长见了我微微一笑，"拿钱还不积极？哎，每人先拿60%本钱，当年打条的就这些了。"

十多年了，我一时不知道该感谢，还是该安慰他。

"其余的，我慢慢要，这不快过年了，你走了我还得跑几家瞅着去。"

天黑了，又冷。"老领导，都问你这是何苦呢？当年……"

"好汉不提当年勇！"李所长抬头望天，"这辈子，我算欠你们的！个人的债再难也好还，可公家债我实在不能担！我老了，干了三十多年公安，不想末了连回忆也毁了……"

此时此刻，风很大。我觉得手中的钱，很沉。

能人郑梓

战乱年代，一个人有一身好武艺那是很吃得开的：一来能防身，不受欺负；二来可替人看家护院，混顿饱饭；再者由自己拉一支队伍，占山为王、落草为寇，从此不再受人作践，反倒逍遥自在，威风八面。

郑梓便是一个能人。他早年先在一个胡姓财主家看场子，声名很响，远近盗贼打这地方经过都得绕道儿走。有一回，一伙儿过路土匪饿急了眼，夜里翻墙入院打劫钱物，不料刚爬上胡家墙头，立即就有千百发石子夹风带响疾如落雨，众匪徒还没明白是怎么回事，就已经葬送了小命儿。

清晨起来，有人亲眼见到胡家收拾残尸就如同打扫院子里的落叶一样堆了满满一车运走。稍后胡家人便放出话来：胡家有郑爷在，谁个儿活腻了想死，咱们好心送他一程！

自此，郑梓的功夫更是声名远播。传说他的"千手飞石"绝活儿，能在瞬间击发数十枚石子，准头精确，力道准狠，疾如流星，弹无虚发，杀伤力极强，纵有百十号人同时来犯，也只消半袋烟功夫便可制敌于死地。

郑梓在胡家就颇有地位。人人待他不薄，敬他三分，不叫他的大号，直喊他郑爷。试想一个出身低贱的穷人能在大户人家混到这境界，不全是靠了身上的能耐？

然而时间一长，郑梓竟萌生了去意。

因为一个女人——有着一双巧手的胡家四太太。

那天深夜，郑梓收拾行李就要悄然离去。未出大门，忽然被一个女人拦腰抱住。郑梓心一下就软了，有那么一瞬，他就任女人抱着，眼中热泪横流。

你真要走？女人问他。他点头。

你舍得抛下我？女人啜泣。郑梓回过头来，用力夯住女人肩膀，正是因为你，我才得走！快放手！

女人眼里霎时泪花泉涌。要走就带我一起走！死也死在一起！

郑梓听后，再忍不住，一把将女人摁进怀里！

两人借了夜色一口气奔到渡口。过了河，那边就是另一个世界。

可就在他们上船那刻，岸边忽然灯火大亮，几十条人影儿手持火把拦住去路。人群中间簇拥着的正是胡家老爷。

老爷面带着微笑，郑爷，你很让我失望，不吭一声就走也罢，还把我的四太太拐跑，你说你是不是不忠、不义？

郑梓低声道，对不起，老爷。

老爷哈哈大笑，那就留下吧，或者是她，或者是你。留一个就行。

女人抬头望着郑梓，却听他道，对不起老爷，我们一起出来的，一起走。

老爷的脸突然就变得狰狞。忘恩负义的小人！离这么近，你的石头留着沉尸吧！说完大手一挥，手下已利器在握迅速围拢。

郑梓手起石飞，先已将为首的几人放倒，待众人一愣，却惨然一笑，抽出腰中佩刀，"唰"地一声将自己右臂齐齐砍了下来！

众人大惊失色，猛听郑梓喝道，老爷的恩情，我永世难忘，这条膀子是我赔给老爷的！

老爷连声冷笑，谁不知道你是"千手飞石"，说不准哪天就会回来报仇？要走也行，另一只膀子也留下！

说时迟，那时快，老爷话音未落，早有人举刀就劈。女人尖声惊叫，却也无济于事，郑梓毫不躲避，一条左臂竟也被生生砍断！

郑梓清醒时，发现自己正躺在船上，女人眼睛早已哭成了桃子。郑梓

· 186 ·

想抬手抚摩一下女人娇嫩的粉脸，却猛念双臂失了，竟不禁笑出声来……

为避战乱，两人专走山路。忽一日，被一群土匪捆上山去。也巧，匪首吴起也是能人，酒量大、会耍枪、喜欢女人，落草前与郑梓认得。此时，见郑梓落难，又见其身边女人姿色娇美，早就动了恻隐之心，忙叫人好生招待。

郑梓推辞不过，却见吴起眉宇紧蹙，忙问所为何事？吴起一声长叹，兄弟过去也算能人，实不相瞒，附近一个山头的匪帮整天跟我抢地盘儿，不按"规矩"走路，最近与我结下梁子，约在这月十五盼月溪决一死战！死我倒不怕，只是担心弟兄们兵器不利白白送死……

郑梓却道，阎王叫你三更死，谁能活上五更天？去尽管去，是输是赢，早已注定，不如喝酒！吴起听了，一拍大腿，终于下了决心！

这月十五，吴起带人倾巢出动，直奔盼月溪去。然而出乎意料，竟不见对方半条人影儿。等忽然醒转，才发现为时已晚，对方调虎离山，正是为了直捣老巢！

吴起急忙带人回奔，纳闷儿的是一路并未听见一声枪响。待众人冲上山来，只见对手早已东倒西陈，尸残体损，血流如河！

郑梓和女人倒装束一新，远远坐在洞外血红的夕阳之下。

吴起心跳如擂，心中一凛！原来郑梓压根儿没废，传说中的"千手飞石"绝活儿，并不只靠膀子，那是全身的功夫！

吴起就眯了双眼笑着，缓缓靠上前来，手中的匣子枪突然"叭勾"一响，子弹在郑梓的头上炸开了花。

吴起吹着冒烟的枪管，淫笑着对女人说，功夫再好也比不得枪快，今后你就是我的七姨太了！

话音未落，吴起却发现：夕阳下坐着的，竟是一对纸扎的假人！

多足人的财富

最后一个去过迪马多山的人回来了。

和其他人一样，身壮如牛的乌吉力老汉，从此一病不起，卧如烂泥。人们从他眼睛里看到的，只有绝望。

"鬼……"乌吉力老汉瑟缩着说。

族人惊恐地对望，一股凄冷自心底升腾而起。

"看来迪马多山上的确有鬼，应该下令封山！"

"不！那我们的羊群该怎么办？附近只有迪马多山上还有蓬勃丰美的草原！"

不同意见，瞬时交锋。最后，人们只得将目光匕首般地投向沉默中的酋长瓦尔西姆。

瓦尔西姆浑浊的双眼似乎正翻腾着多可里江的巨浪，青筋暴涨的双手战栗着，"喀嚓"一声，已将一根乌铁拐杖从中折断！

封山！瓦尔西姆命令一下，再次引发骚动。接着，人们就听到了乌吉力老汉剧烈的咳嗽戛然而止，远处忽然传来一阵阵沉重悲凉的哀乐。

是克塔依、贝木、阿森吉……他们回来时都曾衣衫褴褛，奄奄一息。而此刻，都已撒手而去。

村里陷入了彻底的黑暗。悲愤中瓦尔西姆毅然决定独自上山，亲自去揭开迪马多山的秘密！

当他费尽力气攀登到半山腰时，竟发现了来自村里的另外五条硬汉。他们无一不是草原上最强壮的牧人。瓦尔西姆只得用目光命令他们跟上，一起结伴向峰顶登去。

据死去的人说，出事地就在峰顶附近。那里氧气稀薄，温度极低，地势险峻。先前只是丢失牛羊，后来竟连夺人命！

瓦尔西姆他们登顶时，天已大亮。但当所有人面对眼前那个神秘莫测的黑洞时，心里都急剧紧张。就是它，连连吞噬牲畜和人命。难道里面果真有恶鬼藏匿？

瓦尔西姆掏出绳索、干粮、水壶、氧气灯和拐杖，第一个下洞去。他命令其他人没有暗号，绝不能轻举妄动。

山洞既深又冷。瓦尔西姆双脚落地，一边向外发暗号，一边惊讶地发现，洞内地上躺满了成堆的牛羊尸骨，四壁都是千姿百态的钟乳石。

借助氧气灯，瓦尔西姆径自走向山洞深处。

空气越来越湿冷，脚下积水越来越深，瓦尔西姆不时见到一些被焚烧过的牲畜尸骨。除了人，谁还能用火烧食物呢？瓦尔西姆迷惑了。随着洞内石头越来越精美，瓦尔西姆越发小心翼翼，因为他听说过，传说中最可怕的魔鬼往往就住在这种变化莫测的地方。

瓦尔西姆手里攥紧了猎枪和拐杖。随着前方水路突然一转，一股凛冽的阴风迎面冲来！"噗"的一声，氧气灯熄灭了！瓦尔西姆暗叫不好，伸手去摸火石，火石却已不知何时丢失！

瓦尔西姆冷汗涔涔，却依然摸索着继续前进，他发誓即使死，也要揭开洞中的秘密！

当他到达一段极窄处，以为再没有前路时，却忽然发现湿滑的岩壁间仅有一条窄缝，能容一个人进入。瓦尔西姆左右犹豫，进还是不进？风声愈厉，他猛地端起猎枪，朝岩缝里剧烈开火，借助火光，瓦尔西姆看到岩缝里夹有几颗骷髅！一定曾有人穿越此地，只不过发生了意外！

瓦尔西姆扔掉了除猎枪外的所有装备。侧身艰难挤入。原来，洞内此处峰回路转，倏然开阔！瓦尔西姆却感觉体力严重透支，他开始向前猛跑，希望还能活着见到最后的秘密。

瓦尔西姆被狠狠绊倒在地，猎枪走火，霰弹夹裹着火苗喷射而出。他惊奇地发现，前边不远的地上竟是一个深不可测的大坑！

瓦尔西姆虽暂时捡了条性命，但他摔得很重，一时爬不起来。恰在此时，身后传来沉重的脚步声，他绝望地闭上了眼睛。

等待他的，却是几只强有力的臂膀将他拉起。原来另外五个猎人赶到了！

火把顿时将山洞照耀得灯火通明。而令众人惊讶无比的是，火光好像经过折射，使洞内变得流光溢彩，灿烂辉煌！六个人急忙靠上前去，发现前方大坑里被水浸泡的，是满当当的黄金！

瓦尔西姆和猎人们愣了。他们想起了流传中的故事。有个叫多足族的部落，人人生有三只脚，他们积蓄了无数财富，却远离喧哗，神秘游离于高原雪山深处……难道这就是传说中多足人的财富？五个猎人狂呼着解开绳索，下去打捞金条。瓦尔西姆却警觉地隐隐听到在某个遥远的地方，正有无数牲畜向洞内集结，足足有几万只，几十万只，来势汹汹，山呼海啸……

瓦尔西姆突然大吼一声："快逃！"没命向着来路狂奔。紧接着，他听到了身后猎人们被什么撕咬得稀烂的声音！

瓦尔西姆拼命挤过那条狭窄的岩缝，一股巨大的力量便将他冲天抛起！瓦尔西姆撞上钟乳石壁，险些当即粉身碎骨。他终于看清了，身后这头"巨兽"就是滔天的洪水。接着，洪流巨浪再次将他卷进水底……

瓦尔西姆醒来时，感觉浑身骨头都粉碎了。他被挂在洞口一块高耸的钟乳石上，石尖穿透了大腿。瓦尔西姆痛苦地彻悟：迪马多山山顶长年被积雪覆盖，冰雪在春夏之交消融成河，而山洞因为位置特殊，每隔一段时间，上游积蓄的融雪水就会泛滥一次，而贪财的族人正是久久留恋于多足人的财富，从而丢掉了性命……

瓦尔西姆昏昏沉沉。不知过了多久，剧烈的尖唳和咆哮声再次隐隐响起。瓦尔西姆静听，它们就如万马齐嘶，厉鬼狰狞……

加拿大枪鱼

朋友从加拿大回国度假,送给我一份特殊的新婚礼物。

"是什么?"我问。

"是活物,也叫宠物,还是怪物。一对加拿大枪鱼。"朋友说。

我从来没养过鱼,但接过礼物,仍免不了心花怒放。

这是一个外观精美的瓶子,带夹层的,内芯为浓乳色,外层晶莹透明,中间则是至清至纯的加拿大内陆尼亚拉加湖湖水。

湖水里面,游动着两条长须飘曳、嘴目扁扁,但色彩异常斑斓且身宽体胖的怪物。

我注视着它们奇形怪状的模样,在想它们该具有何种特殊猛烈的攻击本领。

"它们吃什么?"见朋友急着要走,我得问清这个。

"吃大米、面包渣、海带丝,都可以,但你要记住,它们对环境要求苛刻,千万不要往水里撒食物!"

"那它们如何进食?"我心生诧异。

朋友呵呵一笑,用一把捞鱼的小网勺将两条枪鱼捞起来,放上桌面,只见两只小家伙竟然用胸鳍和尾鳍支撑住了身体,然后一耸一耸如海豚一般笨拙地移动起来!

奇迹!原来能水陆两栖!

朋友又说："因为在中国境内你很难找到相似的湖水，所以每次喂食时尽量把枪鱼捞到陆地上吃喝拉撒，以保持瓶中水的清洁。"

朋友说完急着出门，我又问了句："那它们可以在岸上呆多久？"

"不管你信不信，最多两个小时都没问题！"

奇迹！世界上居然会有这种宠物鱼。我和老婆喜欢得不得了。

不久的一天下午，我正在上班，忽然接到老婆电话。她急得嗓音都变了。原来她早上起床后把枪鱼捞在阳台上喂食，见它们一时没有排泄，恰好她那天又有个重要活动，就撂下它们到浴室洗澡去了。

洗完澡急着出门，她就把枪鱼的事给忘了！也就是说，那两只枪鱼至今仍在阳台上晾着呢！我心里登时大痛，望望窗外，眼下已经快到吃晚饭的时间了！完了，我的加拿大枪鱼，一定早已死翘翘了！

谁知出人意料的是，等我急忙打车回家，竟发现那两只小家伙仍然在我们家凉台上活蹦乱跳呢！厉害！要说人家外国宠物的生命力还真不弱！

我来不及挂风衣，急忙用渔网将俩小家伙收起来放进水里。却见它们在水里急遽地翻着身体，像在海湾战争中失去了平衡的F14战斗机一般，不停地乱翻跟斗，好几次都撞到了瓶壁，伴随着它们滑稽动作的还有大汩大汩的气泡从两只枪鱼嘴里冒出来！随后，我就看见它们肚皮一仰，完全停止了游动和挣扎，像两块塑料浮上了水面。似乎像是死掉了！

我被眼前的景象惊得发愣，心想它们不定玩什么花招呢？可二十分钟过去了，它们居然还是一动不动地漂在水面上。不是死掉了又是什么呢？难道是奇特的深度睡眠？！

急忙打电话给朋友。朋友刚好下了飞机，电话里说："完了，枪鱼一定是被你害死了！这两天我一直没开机，就担心你会把它们养死，结果你还真没叫我失望！"

我忙解释我是疏忽了管理，但我回家时它们还是鲜活鲜活的啊！我还想观察它们究竟怎么个争强好胜、打架斗殴呢！这下没机会了！

朋友气得讲起了英文："NO！NO！NO'SHOOT'BUT'CHOKE'（非'射击'而是'呛水'）！"

"GOD（天啊）!"原来根本就不是"枪鱼"，而是"呛鱼"！

"我说过它们最多只能在陆地上呆两小时，超过两小时，呛鱼的确还能在陆地上苟活一阵儿，但你要把它们重新放回水里，对不起，它们会被呛死的！两小时后它们的鱼肺已然发生了变异，再也不能适应水中的环境了！"

呛鱼竟是被呛死的！

战　功

　　出了县城，向西走两公里，有个斜坡。

　　上斜坡往北一拐，有一大排平房。

　　这地方，原先地偏人稀，以养狗出名，俗称"狗窝子"。

　　实际上，这就是早年县局的警犬训练基地。

　　听老一代人说，基地红火时，养过二三十只纯种狼狗。每次搞抓捕，声势威严浩大，不但成功率高，而且震慑力空前。

　　然而，随着各种形势的不断变化，警犬数量连年骤减，基地也渐渐名存实亡。

　　后来，根据工作需要，这地方改成了刑侦大队的一个办案中队。

　　基地元老，退休的退休、调走的调走，唯独只剩下了民警老倪和警犬"板凳"。

　　老倪还差两年退休，是专为板凳留下来的。

　　老倪没啥文化，人长得又黑又瘦。从协勤到转正，虽干了一辈子警察，但喂了半辈子的狗。从未摸过枪、办过案、立过功、受过奖。

　　板凳就不同了。板凳的父亲虎娃，是条纯种的德国黑背，当年是赫赫有名的战斗英雄。无论是巡逻放哨、守候盘查、追踪抓捕、现场搏斗，都有过值得一提的经典案例。可最后，虎娃是让几个盗窃犯给麻醉后活活打死了。

板凳青出于蓝而胜于蓝，不但长得高大健壮，勇猛异常，而且特别灵性，能与主人心性相通。

有一次，民警们得到线索，深夜去围捕杀人凶犯。进村后发现，歹徒藏匿的屋子虽不大，但院墙极高，插满碎玻璃碴，很难攀爬。若贸然强攻，持有枪支的歹徒早已是惊弓之鸟，很可能会铤而走险，造成不可估计的伤亡。

指挥员冷静地确定了方案：先把两名经验丰富的民警托上墙去，悄然进到院子里，随后迅速打开外门，大队民警随之冲入实施抓捕。

不料，意外发生了：

两民警刚跳进院内，就跌进了陷阱！原来，歹徒白天在院墙下挖了一排深沟，沟底埋了铁夹子，民警跳下去正中埋伏，不但腿脚受伤，而且丝毫不能动弹。

墙外民警进不去，墙内民警受重伤，而屋内的歹徒随时都可能持枪冲出来开火！在这千钧一发之际，一条黑影忽然腾空窜起。大伙定睛一看，发现那是板凳。只见板凳矫捷地一纵，已用前肢稳稳攀住墙头。那一刻，板凳躯体几乎拉伸到了极致，足足两米有余！随后，板凳用粗壮的后腿在墙壁上奋力蹬了两下，整个身体又像回缩的弹簧一样迅速收拢。于是，板凳四肢在墙沿上短暂聚合，忽又猛然发力，轻盈地跃进了那个深深的小院。

五秒钟后，躲过陷阱的板凳凭牙齿弄开了紧插的外门。大队民警一闪而入，踹开内门迅速制服了五名歹徒。而就在给歹徒戴手铐的同时，民警在枕头下赫然发现了已经上膛打开保险的自制手枪和五连发短筒猎枪！

这次惊险万分的抓捕，一下让板凳扬名立万。就连板凳急中生智的主人，也立了个三等功。

后来的后来，板凳立功受奖直如家常便饭，逐渐成为警犬中的王牌。

可这一切，都与老倪无关。

老倪是基地元老不假，可老倪从没训练过警犬，只是个喂狗的饲养员。

其实，饲养警犬也不容易。每天，老倪都得绞尽脑汁给警犬拟菜谱

（兼给同事们一起做饭），然后骑着三轮车上街去买新鲜肉，回来精雕细做后得把伙食交给警犬驯养员，由他们亲自给警犬进食，这样做是为了保证训练效果和加深情感。

很明显，老倪干的就是绿叶的活儿，但老倪毫无怨言。

多年来，老倪从未在犬食费上有过差错，"再抠也不能抠狗粮，那是跟自己过不去！"老倪说的是实话。那时警犬的待遇，远远超出民警自个儿的。

老倪的机会，来自多年后的一个秋天。基地解散，同事分流，警犬处置。领导征求老倪意见，老倪瞅瞅院子里唯独剩下的板凳，选择留了下来。

板凳颈上长了一个化脓的瘤子。医生虽说是良性的，但或送或卖都出不了手。老倪恋旧，从此除了给刑警做饭，就常常牵着板凳去马路上遛弯。再后来，中队改建楼房，实施正规化建设。领导又找老倪谈，"板凳不能留了，怎么处理，你看着办吧。"

老倪无话，转头呆呆地望着板凳，眼泪就出来了。

一天中午，心烦气躁的中队长走出审讯室甩给老倪三百块钱，让老倪出去弄盆狗肉开开荤，说屋里俩抢劫犯都审十多遍了，愣是不开口，也找不到证据。

老倪听完走了，过了饭响却还没回来。民警出门一找，惊得奔回来爆料："老倪头简直疯了，为省三百块钱，竟亲手把板凳杀了！"

众人正在唏嘘，却见老倪提着狗皮端着狗肉回来了。老倪伸手递给中队长一枚钻戒，"你们要找的是它吧？那天我带板凳遛弯，你们开警车过去，有人向着窗外，吐出个用火腿肠皮包着的团子。板凳老了，以为是你们丢给它的，就叼起来吃了。现在我一回想，那准是嫌疑人丢的证据……"

中队长和民警们听了惊喜不已！却又见老倪掏出三百块钱递过来：

"钱省下了，肉一定要吃。不是我残忍，这是板凳最后的牺牲！还有，我这把老骨头也想和板凳一起立个功……"

回　报

　　临出门前，老齐心里很矛盾。

　　老婆说："这次就全靠你了，相公！"

　　老齐起了一脊梁鸡皮疙瘩，边换拖鞋边仓促地回应："哦，我试试！"

　　老婆又说："见人三分笑，开口多说好，为了我和这个家，你就牺牲一回吧！谁让这事儿这么巧！"

　　老齐皱了眉："那万一要是不行……"

　　老婆说："还没去，就说不行？这点事儿，你只要去，就准行。"

　　老齐还犹豫："那不一定，不是一回事儿。"

　　老婆嗓门大了："你就放心去吧，按我嘱咐的办，成不成回来我都犒劳你！"

　　老齐终于穿戴整齐，却还在门口磨蹭。不料老婆上来一个拥抱，外加一记热吻，搞得他晕头转向纠结重重地出了门。

　　老齐是岷山社区的一名片警。别看平时穿警服进社区，动嘴皮子调解纠纷头头是道，可今天换了一身笔挺的西装，去一个陌生人住的宾馆里做客，竟然无比紧张！

　　老齐去哪儿？干什么？至于吗？事情，还得从半月前说起——

　　半月前，县环卫局人事变动和编制调整，决定为一批工作多年的非正式合同工转正，同时解聘剩余不够年限的工人。老齐老婆就差一年，很不幸被PK回家。民警老齐是二婚。老婆从农村出来的，年龄还不大，原本有个班上着感觉挺好，可这下就跟掏了魂儿似的浑身不自在。

再说家里突然少了份收入，叫谁也不舒服。

老婆心情不好，老齐却无能为力。老齐这辈子帮人无数，可自己却有很多事都没办利索。为啥？——老齐不愿意求人。感觉穿着警服求人，格外低人一等！

那些天，每到傍晚老齐就陪着老婆去遛弯儿。老婆情绪不对不愿说话，老齐陷入回忆沉思不已，俩人能默默走一两个小时，直到夜深了才回家。

那个周末，他们往家走时已过了十点。街上行人稀落，路边灯火暗淡，倒是有几个池塘里的青蛙，还在不知疲倦地叫唤。

突然，老齐停下不走了。

老婆扭头看，老齐悄悄招招手没说话，另一只手立在耳朵边，专心听着四周。

老婆向来胆小，小声问老齐："咋了？"

老齐说："你听，好像有动静！"

老婆寒毛直立："啥动静？大路边的……"

"像是有人。"说完老齐就往路边草丛里走。老婆却在背后喝住他："你犯什么毛病？我怎么没听见，人家要是谈恋爱的非跟你拼了不行！"

老齐回过头来，一脸紧张："不像是谈恋爱的，像是有事儿！"

老婆问："有事儿早喊救命了，用得着你管？你快给我回来！"

老齐没回来，他很少不听老婆的，可这次是个例外。

老齐把老婆独自晾在大路边，一等就是半个多小时。最后，他背着一个湿漉漉的男人从池塘深处爬了出来。

老婆惊呆了，听老齐说才知道，这人掉进池塘里，幸亏离岸边不远，水正好淹到他下巴沿儿。这人西装革履却浑身酒气，准是喝醉了想到池塘边解手时掉下去的。

这么偏的地方，又是这个点儿，如果不是老齐警醒施救，后果真不堪设想！老婆见老齐累得够呛，对男人既佩服又心疼，赶紧拨打120急救电话，两人一起把醉汉送进了医院。

这事儿本就这么过去了。可一周后，老齐去派出所开会，老远就看见所玻璃门上糊了一张大红纸，走近一看，是封感谢信，正是那个被救的男人写来的："我不知道你是谁，可我知道你是个好人；我不知道你的名字，可我听说你是一名派出所民警；我不是想写封信表达感激的心情，我的心情是无法表达的；我可能也不是你救过的第一个人，但这却是我第一次切身感受到生命的可贵；我现在的命是你给的，我的家庭是你救的，我的未来不管好与坏、成功与失败，我都想找到你、认识你、记住你，希望你能和我一起分享今后的喜悦和收获……"老齐觉得这人写得挺好，挺有文化的。事后听同事议论才知道，这人还大有来头，竟是刚从外地调过来分管全县文化卫生的年轻的副县长。

老齐一阵唏嘘，没暴露自己。回家无意中说起，老婆嗷一嗓子就尖叫起来：

"老天爷总算开眼啦！这人不就是解决我工作的大救星吗？真是一报还一报，机不可失！"……

老齐很晚了才回家。

老婆打着瞌睡把他从上到下瞅遍，也没看出个所以然。

老婆问："去了吗？"

老齐答："去了。"

老婆问："说了吗？"

老齐答："说了。"

老婆问："成了吗？"

老齐答："没有。"

老婆问："那你怎么说的？"

老齐答："我先咔敬了一个礼，然后说所长，我老婆下岗在家快憋出病来了，咱社区少个内勤，让她去行吗？所长说，夫妻警务室？很好嘛！"

　　老婆哭笑不得："我让你找县长，你去找所长？不过，总算是谋了份差事！"

　　老齐满脸疲倦："啥呀，这些话也是我对着县长住宿宾馆的大衣镜自说自演的，所长家我也没去，都开不了口……"